미래에서 온 영화감독

철순 현대 판타지 장편소설

WISHBOOKS MODERN FANTASY STORY

미래에서 온 영화감독 4

철순 현대 판타지 장편소설

초판 1쇄 찍은 날 | 2019년 3월 8일
초판 1쇄 펴낸 날 | 2019년 3월 15일

지은이 | 철순
펴낸이 | 예경원

기획 | 위시북스
편집책임 | 이규재
편집 | 위시북스

펴낸곳 | 예원북스
등록번호 | 제396-2012-000132호
등록일자 | 2012. 7. 25
KFN | 제1-378호

주소 | 경기도 고양시 일산동구 호수로 646-24 위너스21 II빌딩 206A호 (우)10401
전화 | 031-819-9431 팩스 | 031-817-9432
E-mail | yewonbooks@naver.com

ISBN 979-11-6424-176-7 04810
979-11-965806-5-0 (set)

※ 파본은 구입하신 서점에서 교환하여 드립니다.
※ 저자와 협의하여 인지를 붙이지 않습니다.

※ 이 도서의 국립중앙도서관 출판시도서목록(CIP)은 서지정보유통지원시스템 홈페이지(http://seoji.go.kr)와 국가자료공동목록시스템(http://www.nl.go.kr/kolisnet)에서 이용하실 수 있습니다.

Wish Books
미래에서 온
4
영화감독
철순 현대 판타지 장편소설
WISHBOOKS MODERN FANTASY STORY

미래에서 온
영화감독

CONTENTS

1장

선댄스 영화제

선댄스 필름 페스티벌.

미국 독립 영화의 배급과 워크숍, 그리고 TV 채널 등을 운영하고 있는 선댄스 재단이 개최하는 독립 영화제였다.

2006년을 기준으로 설립 25주년, 그리고 20번째 선댄스 영화제를 맞이해 '뿌리로 돌아가자(Back to its Root)'라는 슬로건을 걸었다.

20년이라는 짧지 않은 세월 동안 진행된 선댄스 영화제는 본래의 취지인 '독립 영화의 발굴', 즉 인디 정신이 사라졌다는 것을 인지하고 다시 본래의 뿌리로 돌아가고자 했다.

그렇기에 강찬 또한 가족과 성장이라는 코드를 담은 영화 '악당'을 찍은 것이었고 이것은 훌륭히 먹혀들 것이라 생각하고 있었다.

그리고 먹혀들었다.

강찬은 선댄스 재단 측에서 보내온 메일을 다시 한번 읽었다.

-강찬 감독의 영화 '악당'은 이번 선댄스 영화제의 슬로건 '뿌리로 돌아가자'와 완벽히 부합하는 영화라 생각합니다…….

칭찬으로 시작한 메일은 영화제에 참가해 주어 감사하다는 말과 함께 꼭 선댄스 영화제에서 볼 수 있으면 좋겠다는 말로 끝을 맺었다.

강찬은 스멀스멀 올라가는 입꼬리를 꾹 눌러 내리며 핸드폰을 들었다.

"엄마."

-응 아들. 엄마가 바빠서 아들 나오는 드라마를 못 봤네. 녹화해 놨지? 꼭 볼게.

"그게 중요한 게 아니야, 엄마."

-응?

"나 미국으로 오래. 미국에 유명한 영화제에서 내 영화 걸고 싶대."

-진짜? 아들 영화? 이번에 찍은 거?

"응."

피는 못 속인다고 강찬이 소리를 지른 것과 똑같은 비명이 수화기에서 터져 나왔다.

강찬은 자신의 어머니, 한연숙 여사가 진정하길 기다리다 물었다.

"1월 18일쯤에 출국해서 열흘 정도 미국에 있을 거 같은데, 엄마 갈 수 있어?"

선댄스 영화제의 시작은 1월 19일이며 29일까지 열흘 동안 정해진 극장에서 출품작들을 상영한다. 그리고 마지막 날인 29일, 심사위원들에 의해 시상식이 이루어진다.

-음…… 아들, 미안한데 그건 좀 힘들 것 같네.

강찬의 어머니는 직장을 다니고 있었기에 마음대로 일정을 조정할 수 없었다. 이번 영화 '악당'이 선댄스에서 성공적으로 막을 내리고 한국에서 개봉하게 된다면 돈 걱정은 하지 않아도 되겠지만.

'돈이랑 직장은 별개지.'

강찬의 어머니는 고등학교의 교사다. 그녀는 자신의 직장에 만족하고 있으며 아이들을 가르치는 일에 일종의 사명감까지 가지고 있었으며 일을 즐기고 있었다.

"그럼 어쩔 수 없네."

-응. 아들 가서 사진 많이 찍어 오고, 맨날 전화하고.

"가기 전에 거하게 외식 한번 합시다."

-그래, 아들. 집에서 봐.

전화를 끊은 강찬은 후, 하는 한숨을 내쉬었다. 쉼 없이 달려온 것에 대한 달콤한 보상이 바로 눈앞에 있었다.

이제 강찬이 할 수 있는 것은 없다.

선댄스 영화제에서 자신의 영화가 호평을 받고, 그저 백중혁이 한국에서 잘해주길 바라야 한다.

천천히 고개를 끄덕인 강찬은 백중혁에게 전화를 걸었다.

"강찬입니다."

-축하하네. 절반은 성공이구먼!

안민영에게 벌써 이야기를 들었는지 상기된 목소리로 축하를 건네왔다. 말을 마친 백중혁이 껄껄 웃더니 말을 이었다.

-마음 같아서는 나도 열흘쯤 휴가를 내고 싶네만, 일이 많아 그러지 못해 아쉽군.

"그러게요. 같이 가셨으면 참 좋았을 텐데 말입니다."

-어쨌거나 잘 다녀오게. 심사위원 대상까진 아니더라도 뭐 하나는 꼭 손에 들고 오게나.

"그럼요. 지금부터 한국 버전 포스터 제작하셔도 됩니다. '선댄스 영화제 대상 수상작'이라고요."

-으하하하, 자신 있나?

"아주 넘칩니다."

-좋아, 아주 좋구먼. 그럼 마음 놓고 미국 다녀오게나. 내 자

네를 위해 아주 큰 멍석을 깔아놓을 터이니.

"그럼 믿고 다녀오겠습니다."

-그래. 자세한 일정은 안 PD에게 듣게나.

"네. 감사합니다."

전화를 끊고 나자 고마운 사람들의 이름이 하나하나 떠오르기 시작했다. 강찬은 그 사람들의 이름을 노트에 적어가며 한 사람 한 사람에게 전화를 돌렸고, 거의 두 시간이 지나서야 모든 이에게 감사의 말을 전할 수 있었다.

메일을 받고 한 달 동안 강찬은 구름 위를 걷는 기분이었다. 지금까지가 성공을 위한 발판을 쌓아오는 과정이었다면 이제는 발판을 딛고 올라설 차례.

미국으로 출국하는 날짜가 다가올수록 흥분은 더해갔고 그의 주변 사람들 또한 흥분을 감추지 못했다.

특히 출연진들은 자신이 참여한 영화가 선댄스 영화제에 출품된다는는 것 하나만으로도 굉장히 기뻐하고 있었다.

그 한 달 사이 강찬이 주연으로 출연한 '달이 내린 하늘'은 8%대의 시청률로 시작해 12%까지 찍는 기염을 토했다.

물론 대박이라 말하기 힘든 시청률이긴 했지만, 드라마의 제작진들에게는 대박이라 말할 수 있는 성과였다.

손익분기점은 훨씬 넘었으며 중국과 일본으로의 진출, 그리고 드라마의 연장 소식까지 전해지고 있는 상황.

하지만 그 주역인 강찬이 미국으로 가야 했기에 아쉽게도 드라마는 연장되지 않았다.

드라마의 방영 중간 만 원의 행복이 방송되었으며, 타이밍 좋게 '악당'이 선댄스 영화제에서의 상영이 결정되었다는 기사들이 쏟아져 나왔다.

"백중혁 이사님 작품이야."

촬영장에서 기사를 보고 있는 강찬에게 안민영 PD가 직접 찾아와 건넨 말이었다. 이제 강찬이 완벽히 자신의 사람이 되었다 생각하는 것인지 물심양면으로 지원을 해주고 있는 것.

"이제 포털에 강 감독 이름 검색하면 사진에 기사에 엄청나게 나오는 거 알아?"

"믿기질 않네요."

강찬이 출연한 만 원의 행복은 쏟아지는 기사와 맞물려 첫 편이 10%, 두 번째 편이 15%를 찍으며 자체 최고 시청률을 갱신하는 데 성공했다.

"그럼 나랑 강 감독, 서대호 조감독이랑…… 이여름 배우, 이렇게 넷이 가는 건가?"

"그렇게 될 것 같아요."

강찬의 말에 안민영이 천천히 고개를 끄덕였다.

마음 같아서는 영화 제작에 참여한 모든 멤버와 함께 가고 싶었지만, 여건상 갈 수 없는 이들이 대다수. 영화에 출연한 배우들 또한 다른 스케줄 때문에 가지 못한다.

드라마 촬영에만 집중하며 시간을 보낸 지 한 달이 지난 1월 18일.

강찬과 이여름, 서대호와 안민영은 미국행 비행기에 몸을 실었다.

미국 서부. 유타주의 주도이자 최대 도시인 솔트레이크시티에 도착한 일행은 와, 하는 말과 함께 주변을 둘러보았다.

눈이 내린 이국적인 풍경이 강찬 일행의 눈을 사로잡았고, 수많은 사람의 말과 행동들이 다시 한번 그들의 눈길을 빼앗았다.

"사람 진짜 많네요."

안민영의 손을 잡은 이여름이 추위 때문에 붉어진 볼을 비비며 말했다.

"선댄스 영화제는 이름 있는 영화제면서 세계인들의 축제거든. 아마 여기 있는 사람들 대부분이 파크 시티로 갈 거야."

"파크 시티요?"

"응. 그렇게 크지 않은 도시인데 거기에서 선댄스 영화제가 열리거든. 도시 전체가 축제 분위기에 휩싸여 있는 데다가 거기 있는 사람들은 전부 영화인이라고 봐도 돼. 말 그대로 영화인들의 축제인 거지."

강찬의 말에 이여름이 눈을 반짝반짝 빛냈다.

"감독님은 어떻게 그렇게 잘 아세요? 와보셨어요?"

"아니, 열심히 공부했어."

지난 한 달 동안 강찬은 하루에 몇 번씩 선댄스 영화제에 대해 검색하고 공부했으며 또 영어 공부에 집중했다.

그 결과.

[영어 - 발아 1단계]

돌아오기 전에도 영어는 어느 정도 되었기에 다시 공부하니 술술 읽혔다. 그런 와중에 영어 능력이 발아했다.

덕분에 단어만 암기하면 대화를 하거나 글을 읽고 쓰는 데 문제가 없었고, 강찬은 다시 수능을 치는 심정으로 단어를 암기했다.

그 결과 강찬은 현지인까지는 아니더라도 어느 정도 유창하게 영어를 할 수 있게 되었고, 일행의 앞에서 길을 안내할 수 있었다.

“이거 괜히 들고 왔네요.”

“뭔데요?”

안민영이 손에 들고 있던 책을 서대호에게 건네자 서대호가 책의 제목을 읽었다.

“미국이 처음이시라고요? 이 책 하나면 됩니다…… 무슨 책 제목이 홈쇼핑 멘트 같네요.”

“그죠? 왜인지 신용이 가서 샀는데 강 감독이 저렇게 영어를 잘할 줄은 몰랐네.”

안민영이 짧게 혀를 차는 사이, 길을 알아 온 강찬이 말했다.

“저거 타고 가면 된 다네요. 가죠.”

강찬의 안내 아래 네 사람은 버스에 올라 영화제가 시작되는 파크 시티로 향했다.

눈 내린 파크 시티는 한국의 시골과는 다른 정취를 풍겼다. 사람이 다니는 길옆으로 수십 ㎝는 되어 보이는 눈이 쌓여 있었고 미국 시골 특유의 단층 건물들이 각자의 특색을 뽐내고 있었다.

"저기 봐봐."

제일 먼저 눈에 띄는 것은.

20th

2006 Sundance Film Festival

Back to its Root

이라 적혀 있는 깃발이었다. 마을의 가로등과 건물마다 하나씩 걸려 있었으며 다양한 필체와 그림으로 꾸며져 있었다.

"벌써 축제 시작한 거 같은데."

서대호는 입가에 번지는 미소를 주체하지 못하고 실실 웃으며 말했다. 강찬 또한 기대로 인해 뛰는 가슴을 진정시키지 못하고 있었다.

"일단 우리 영화 걸리는 극장으로 가보죠."

"아, 그러자."

선댄스 영화제는 지정된 극장에서 시간마다 영화를 상영한다. 즉 관심 있는 영화가 있다면 찾아가서 보면 되는 것. 그렇기에 포스터와 티저 영상이 중요했다.

"우리 영화가…… 레드 스톤 시어터라는 극장에서 상영하네요. 별로 안 멀어요."

강찬이 지도를 보며 걷기 시작하자 세 사람이 그의 뒤를 졸 좀 따라오며 주변을 살폈다.

세계 영화인들의 축제라는 말에 걸맞게 수많은 외국인이 한 손에 팸플릿을 들고 이곳저곳을 돌아다니며 구경을 하고 있었다.

이여름과 서대호는 신난다, 신난다를 입에 달며 주변을 둘러보고 있었고 안민영 또한 그런 기색을 내비치진 않았지만 흥분한 게 눈에 보일 정도였다.

씩 미소를 지은 강찬은 빠르게 걸음을 옮겨 곧 그들의 영화가 걸릴 레드 스톤 시어터에 도착했다.

극장에 도착한 일행은 오, 하고 입을 벌렸다. 한국의 극장들과는 다른, 마치 연극을 할 것같이 생긴 단층 건물이었다.

물론 단층이라 해서 크기가 작은 것은 아니었다. 한국 극장의 한 관 정도의 크기랄까.

입구에는 선댄스 필름 페스티벌이라 적힌 깃발이 걸려 있었고 그 옆으로는 오늘 상영하는 영화들의 포스터가 걸려 있었다.

"여기 우리 포스터 있어요."

강찬의 영화 '악당'의 포스터에는 강찬의 뒷모습과 이여름의 얼굴. 그리고 영어로 'Villain'라고 쓰여 있었다.

"빌런이라…… 뭔가 악당만큼 느낌이 안 사네."

"왜, 좋은데."

서대호가 아쉽다는 듯 포스터의 글자를 만지작거렸다. 하지만 강찬의 시선에는 눈에 넣어도 아프지 않은 자식처럼 보일 뿐이었다.

포스터의 아래에는 감독인 강찬의 이름과 주연인 이여름, 그리고 강찬의 이름이 하나 더 쓰여 있었다.

"진짜 신기하다."

이여름은 자신의 이름, 그리고 얼굴이 걸린 포스터가 믿기지 않는다는 듯, 멍한 얼굴로 포스터를 올려다보고 있었다.

"뭐가 그렇게 신기해?"

"진짜 개봉하는구나…… 하는 생각이 들어요. 내가 출연한 영화가……."

강찬 또한 같은 심정이었다. 마치 돌아오기 전에 살았던 모든 것이 꿈이고 지금이 현실 같았으며, '악당'이 처음 만든 영화 같았다.

네 사람은 못이라도 박힌 듯 한참 동안 포스터 앞에 서 있다가 결국 추위에 발의 감각이 없어진 걸 느끼고서야 식당으로 향했다.

식당에 들어가 음식을 주문한 네 사람은 몸이 녹는 것을 느끼며 의자에 몸을 묻었다. 거의 의자에 누운 채 팸플릿을 보고 있던 서대호가 강찬에게 물었다.

"우리 영화는 언제 틀어줘?"

"하루에 한두 번 정도 솔트레이크시티랑 파크 시티, 그리고 프로보에 있는 극장에서 돌아가면서 틀어줘. 내일은 여기 앞에 있는 레드 스톤 시어터고."

이번 선댄스 영화제에 출품된 영화를 틀어주는 극장은 거의 서른 개에 가까웠다. 마음 같아서는 '악당'이 상영되는 모든 극장을 돌며 반응을 살피고 싶었지만, 물리적으로 불가능하다.

강찬의 말에 서대호가 흠, 하더니 물었다.

"그럼 두 팀으로 나눈 다음에 극장 돌면서 반응 볼까?"

기대인지 긴장인지 모를 표정이 가득 담긴 서대호의 얼굴에 강찬은 헛웃음을 흘리며 고개를 저었다.

"됐어. 이왕 축제 왔는데 우리도 즐겨야지. 이제 남은 건 기다리는 거야. 여기서는 홍보할 수 있는 수단도 없……."

말을 하던 강찬의 시선이 식당 바깥으로 향했다.

"없?"

"아니, 있네."

이번 영화제의 총 출품작은 116 작품. 감독만 해도 116명이 찾아왔을 것이며 그들을 취재하기 위한 기자들이 수도 없이 왔을 것이다.

그들은 하루에 열 편이 넘는 영화를 감상하며 평을 남길 것이고 그것은 고스란히 인터넷으로 올라갈 터.

"뭔데?"

"잠깐만."

강찬은 포크를 든 채 상을 툭툭 두들기며 생각에 잠겼다.

인터넷과 기자들, 이것을 이용해 악당을 홍보할 수 있는 방법이 있을까? 맨 처음 입소문만 타고 나면 그다음부터는 알아서 홍보가 될 것.

다른 이들이 식사를 하는 사이 생각에 빠져 있던 강찬은 이여름이 포크를 놓은 순간, 손가락을 튕기며 말했다.

"발로 뛰자."

세 사람이 무슨 소린가 싶어 강찬의 얼굴을 바라볼 때 강찬이 설명을 시작했다.

다음 날 오후 2시.

솔트레이크시티의 가장 큰 극장, 브로드웨이 센트리 시네마에서 선댄스 영화제의 개막식이 시작되었다.

세계적으로 유명한 배우 중 독립 영화에 관심이 있는 스타들이 레드카펫을 밟았으며, 얼굴만 보아도 알 법한 감독들이 개막식장을 찾았다.

조이 로렌 애더스, 애슐리 저드, 매기 질렌홀, 폴 지아매티

등. 유명한 이들의 얼굴을 보며 사진을 찍고 있을 때, 한국 영화감독들 또한 보였다.

개막식이 시작되고, 선댄스 영화제의 창설자 로버트 레드포드가 무대에 올라 인사를 건넸다.

"전 세계의 영화인 여러분, 반갑습니다. 로버트 레드포드입니다."

찰스 로버트 레드포드 주니어.

선댄스 영화제의 설립자이자 1969년 출연한 '내일을 향해 쏴라'로 전설의 시작을 알린 배우이다. 1973년에는 영화 '스팅'으로 아카데미상 후보에 오르기까지 했으며 서부극부터 멜로 등 장르를 가리지 않고 수많은 영화의 주역을 맡았다.

뿐만 아니라 1980년에는 감독으로 참여한 '보통 사람들'이 아카데미 감독상을 받게 되며 감독으로까지 그 영역을 넓혔다.

아무런 수식어 없이 이름만으로 자신의 소개가 가능한 사람, 로버트 레드포드의 인사와 함께 박수와 환호가 쏟아져 나왔다.

"언제나 그랬듯 인사는 간단히 하겠습니다. 저를 위한 무대가 아닌 여러분을 위한 무대이니까요. 참가해 주셔서 감사하고 또 찾아주셔서 감사합니다. 그럼 즐겨주세요."

로버트 레드포드가 인사와 함께 무대를 내려가자 다시 한

번 박수갈채와 환호가 이어졌고, 개막작 상영을 위해 프로그래머가 무대 위로 올라왔다.

선댄스 영화제의 시작이었다.

개막식을 보고 나온 강찬 일행은 '악당'이 상영되는 레드 스톤 시어터로 향하는 버스에 올랐다.

"제가 알아보니까 레드 스톤 시어터에서 걸어서 10분 정도 거리에 포스터 뽑아주는 데가 있거든요."

"어제 말했던 거 하려고?"

"네."

강찬이 생각한 홍보 방법은 간단했다.

말 그대로 발로 뛰는 것. 포스터를 나누어주며 다른 이들에게 홍보하는 것이었다. 하지만 그것만으로는 모자라다.

강찬 일행이 직접 나서서 포스터를 나누어주는 건 간단하지만, 흥미를 끌고 그들이 영화에 관심을 가지게 하기는 부족하다.

관객들의 관심을 멍,거 포스터를 가져가게 만들 방법이 필요하다.

"뭔가 방법 없을까요."

강찬의 물음에 서대호와 안민영이 흠, 하는 소리와 함께 생각에 잠겼다.

"거리 공연?"

"그것도 생각해 보긴 했는데, 할 사람이 없어요. 단막극을 할 수도 없고……."

그때, 이여름이 세 사람의 팔을 타다닥 두들겼다. 그리곤 눈을 반짝반짝 빛내며 말했다.

"제가 노래하는 건 어때요?"

"……어?"

이여름의 노래 실력은 저번 광고로 인해 입증되어 있었다. 예쁘장하고 귀여운 얼굴과 청아한 목소리, 그리고 꽤 준수한 노래 실력이 합쳐진다면 충분히 다른 이들의 이목을 끌 수 있을 터.

"좋네."

"그러게. 괜찮은 생각인데."

"여름이 괜찮겠어?"

영하를 웃도는 날씨에 바람이 차다. 어린아이가 노래하긴 힘든 날씨. 하지만 이여름은 힘차게 고개를 끄덕였다.

"한번 해보고 싶었어요! 버스킹! 그것도 해외에서!"

이여름은 이미 노래를 하고 있는 자신의 모습을 상상하고 있는 것인지 고개를 까닥거리며 세 사람을 바라보고 있었다.

'좋긴 한데.'

날씨가 문제다. 그렇다면.

'따뜻하게 해주면 되지.'

강찬은 씩 미소를 지으며 서대호를 바라보았다.

"대호야 도착하면 앞에 있는 마켓 가서 핫팩 좀 잔뜩 사와. 붙이는 핫팩이랑 그냥 핫팩."

"어디 쓰게?"

"여름이 노래하려면 추울 거 아니야. 단단히 입히고 옷에 핫팩 붙여주면 괜찮을 거야. 그래도 추우면 언제든 말하고. 알았지?"

"네!"

벌써 신이 난 이여름은 핫팩이 없어도 노래를 부를 기세였다. 귀여운 모습에 이여름의 머리를 쓸어 준 강찬은 안민영을 보며 말했다.

"안 PD님은 포스터 부탁드릴게요. 전 여름이 노래할 만한 장소랑 장비 한번 알아볼게요."

"그래. 그럼 포스터 100장?"

"일단은 100장이면 될 것 같아요."

안민영은 수첩을 꺼내 적은 뒤 천천히 고개를 끄덕이며 말했다.

"재밌겠는데."

"그러게요."

그녀는 이여름을 보며 사랑스럽다는 듯 미소를 짓더니 물었다.

"여름이가 할 줄 아는 노래 중에 팝송 있니?"

"캘리 클락슨(Kelly Clarkson)의 Because Of You, A Moment Like This, Since U Been Gone. 할 줄 알아요!"

익숙한 노래 제목들에 강찬의 눈이 휘둥그레졌다. 캘리 클락슨의 유명한 노래라면 다 가능하다는 것 아닌가.

"그리고 우리 영화 OST도 다 외웠어요!"

"히어로를?"

"네!"

음원이 나왔을 때, 들어보라고 보내준 적이 있는데 그걸 듣고 외운 모양이었다. 생각보다 잘 풀릴 것 같은 느낌에 강찬의 얼굴에 미소가 번졌다.

"노래하면서 포스터 나눠주고, 그거 영상으로 찍어서 홍보하고, 나중에 여름이 포트폴리오로까지 쓰면 완벽하겠네."

강찬이 큰 그림 그리는 것을 마쳤는지 말했고 안민영이 오, 하는 소리와 함께 그의 말에 동의했다.

"좋아, 그럼 계획 좀 자세하게 세워봅시다."

강찬 일행이 자세한 계획을 논의하는 사이, 버스는 레드 스톤 시어터 앞에 도착했다.

"자, 그럼 각자 맡은 일 끝내고 연락합시다."

"오케이!"

강찬과 이여름이 한 방향으로, 그리고 나머지 두 사람은 다른 방향으로 향했다.

레드 스톤 시어터에서 걸어서 5분 정도 떨어진 광장.

근처 마켓에서 구매한 입간판에 '노래 신청: 1 포스터'라고 적은 강찬은 만족스럽다는 듯 입간판을 툭툭 두들겼다.

그리곤 마이크와 스피커를 세팅을 하고 있자 극장 주변을 지나던 이들이 궁금해하는 눈으로 강찬 일행을 바라보고 있었다.

"아, 아, 마이크 테스트 1, 2."

강찬이 마이크 테스트를 하고 있자 광장 밖에 서 있던 서대호가 손을 크게 벌려 OK 사인을 보냈다.

너무 큰 소리는 방해가 될 테니 광장 밖까지는 들리지 않을 정도의 마이크 소리를 맞춘 것. 그의 오케이 사인을 본 강찬은 이여름에게 마이크를 건넸다.

두꺼운 패딩과 장갑, 귀여운 털모자와 귀마개. 그리고 핫팩으로 중무장한 이여름은 겉으로 보아서는 눈사람같이 귀여웠다.

"그럼 시작해 볼까?"

"네! 뭐부터 할까요?"

"하고 싶은 것부터 해."

강찬은 빌려온 테이블 위에 포스터를 붙여 어디서든 잘 보이게 한 뒤 옆에 섰다.

곧 이여름은 마이크를 들었고 '악당'의 OST, 히어로를 부르기 시작했다.

잔잔한 반주가 나오기 시작하자 그들을 구경하고 있던 외국인들이 오, 하는 소리와 함께 이여름의 주변으로 몰려들었다.

그런 상황에 이여름은 부끄러워하긴커녕 즐거운 얼굴로 고개를 까닥거리며 리듬을 타고 있었다.

'참 대단해.'

저런 걸 보면 타고난 끼가 있다고 할 수밖에 없다. 그러니 톱스타의 자리까지 오른 것이었겠지만.

강찬이 잠시 다른 생각을 하는 사이, 에일렌이 부른 것과는 전혀 다른 느낌의 히어로가 이여름의 입에서 흘러나왔다.

에일렌이 부른 히어로가 강하고 묵직한 느낌이었다면 이여름이 부른 히어로는 청아하고 밝았으며 희망적이었다.

"여름이 노래 진짜 잘한다."

"잘하는 건 알았는데 이 정도였나."

강찬과 서대호, 안민영 세 사람만 빠져든 게 아니었다. 노래를 듣고 있는 열 명 정도의 외국인들 또한 이여름의 노래에 빠져 가만히 선 채 이여름을 바라보고 있었다.

느릿한 발라드 템포의 파트가 끝나고 미디엄 템포로 전환되며 페이즈 2가 되었을 때, 이여름은 풍부한 성량 대신 높은 고음으로 노래를 끌어갔다.

'이거 여름이 버전으로 하나 더 만들어도 좋겠는데.'

한국 개봉할 때 두 가지 버전을 넣어 둘 다 틀어도 나쁘지 않겠다는 생각을 하고 있을 때, 이여름의 노래가 끝났다.

"와아아아."

"휘이익!"

이여름의 노래를 듣고 있던 이들은 박수와 환호를 보냈다. 이여름이 마이크를 든 채 감사의 인사를 보내고 있을 때, 한 손에 포스터 뭉치를 든 강찬이 그들의 앞에 나서며 말했다.

"안녕하세요. 이번 선댄스 영화제에 영화 '악당'을 출품한 감독, 강찬이라고 합니다."

이여름이 분위기를 띄워놓은 덕일까, 관객들의 호응이 쉽게 나왔고 그에게 시선이 집중되었다.

하지만 이 호응은 오래가지 않을 터. 강찬이 빠르게 말을 이었다.

"여기 노래를 한 아이는 '악당'의 주연 배우 이여름 양입니다."

이여름이 다시 한번 인사를 하자 강찬이 말했을 때보다 큰 환호가 터져 나왔다.

"여기 입간판을 한 번 봐주시겠습니까?"

강찬의 손을 따라 관광객들의 시선이 입간판으로 향했고 강찬이 말을 이었다.

"듣고 싶은 노래가 있으시다면 신청을 해주시면 됩니다. 그 대가는 한 장의 포스터입니다."

강찬이 말하자 사람들의 얼굴에 의문이 떠올랐다. 그들의 얼굴을 본 강찬은 씩 미소를 지으며 답했다.

"제 손에 있는 포스터를 받아 가시면 노래 한 곡을 신청할 수 있다. 이런 뜻입니다."

그의 말에 팔짱을 끼고 있던 흑인 한 명이 손을 들며 물었다.

"노래를 신청해야만 포스터를 가져갈 수 있는 겁니까?"

"원하시는 만큼 가져가셔도 상관없긴 합니다. 하지만 노래를 신청하기 위해선 한 장 이상의 포스터를 가져가셔야 합니다. 버리지 않겠다는 약속을 하시고요."

흑인은 새하얀 이를 드러내며 씩 웃더니 강찬에게 다가왔다.

"그럼 포스터 한 장 주세요. 혹시 사인도 해줄 수 있습니까?"

"그럼요."

포스터 한 장을 테이블 위에 펼친 강찬이 펜을 들었을 때, 흑인은 강찬의 손을 잡았다.

"무슨……."

"당신 사인 말고 저 여배우의 사인이요. 이름이 뭐랬죠?"

흑인의 말에 관광객들에게서 웃음이 터져 나왔다. 이여름에게 흑인의 말을 번역해 주자 그녀 또한 아하하, 웃으며 "땡큐 땡큐." 하고 다가와 포스터에 사인을 해주었다.

"제 이름은 이여름이에요."

흑인은 여름이라는 발음이 어려운지 요롬, 요롬. 거리다가 이내 포스터에 적힌 이름을 보고서 고개를 끄덕인 뒤 말했다.

"무슨 노래를 할 줄 아니?"

그의 말을 번역해 주자 이여름이 캘리 클락슨이라 말했고 흑인은 잠깐 고민하는 듯하다가 말했다.

"Because Of You."

"할 수 있어요."

흑인이 포스트를 말아 쥔 뒤 자리로 돌아가자 이여름이 노래를 시작했다.

그 이후에도 여섯 사람이 이여름에게 노래를 신청했고 그들은 친구들에게 들려주겠다며 영상을 찍거나 몇 장의 포스터를 가져가곤 했다.

개중에는 돈을 주려는 이도 있었는데 강찬 일행이 받지 않자 그 돈으로 따뜻한 음료와 음식들을 사와 강찬 일행에게, 정확히는 이여름에게 주었다.

"여름이 미국에서 먹히는 얼굴 아닐까."

"저 정도 귀여움이면 만국 공통이지."

이여름은 사람들의 시선이 완벽히 익숙해졌는지 적당한 율동을 보이기도 하고 노래를 부르며 사람들에게 악수를 건네기도 했다.

어느새 서른 명이 넘는 사람들이 강찬 일행을 둘러싸고 구경을 하고 있었다.

'성공이다.'

이제 첫날, 아직 영화도 상영 전 서른 명에게 '악당'이라는 영화를 알렸다. 물론 저들에게는 악당보다 이여름이 더 기억에 남겠지만.

지나가다 포스터를 보게 되면 포스터 안에 있는 이여름의 얼굴이 기억날 것이고 영화에 대해 관심을 갖게 될 터.

그때, 선댄스 필름 페스티벌 진행요원이라는 완장을 찬 이들이 관광객 사이로 나타났다. 강찬이 살짝 긴장한 얼굴로 그들을 보았을 때, 두 사람이 대화를 나누었다.

"이거 말려야 하나?"

"좀 애매하긴 하네만."

"규격 외 홍보는 아니잖나. 그냥 버스킹이고."

"창의적인 홍보지. 돈을 받는 대신 포스터를 나눠준다니. 처음 보는 방식이긴 하네."

진행 요원 두 사람은 고민이 되는 듯 팔짱을 낀 채 이여름을 바라보다 자신들도 모르게 노래에 빠져들었다.

그러다 노래 한 곡이 끝나고 사람들이 환호하는 사이에 정신을 차렸고, 이내 다시 이야기를 시작했다.

"노래 잘하는데?"

"이 사람아, 그게 문젠가."

"아, 그렇지. 우리 어디까지 이야기했나?"

"……됐네. 내 상부에 물어보지."

"좋은 생각일세."

두 명의 진행요원 중, 노란 머리의 사내는 이미 이여름의 노래에 빠져들었는지 건성으로 답했다.

나머지 한 사람 또한 발길이 떨어지지 않는지 이여름을 바라보다 이내 전화를 들고 관광객들 사이로 사라졌다.

그렇게 총 8곡의 노래를 마쳤을 때, 강찬은 오늘의 공연은 여기까지라 말했다. 이여름은 더 하고 싶어 하는 눈치였지만 이미 30분이 넘게 노래를 한 상황이었다.

"그러다 감기 걸려. 내일 또 하자. 그리고 우리 영화 보러 가야지."

"네!"

아쉬운 듯 보였지만 내일 또 할 수 있다는 말에 이여름은 힘차게 대답했다. 관광객들 또한 아쉬워하고 있을 때, 강찬이 말했다.

"내일은 센트리 시네마 앞 광장에서 공연합니다. 그리고 30분 뒤에 레드 스톤 시어터 2관에서 저희가 출연한 '악당'의 상영이 있습니다! 많이 찾아주세요. 감사합니다!"

말을 마친 강찬은 음향 장비와 남은 포스터, 그리고 입간판 등을 정리하기 시작했다. 그 사이 이여름은 자신의 앞에 쌓인 산더미 같은 코코아를 보며 멋쩍은 웃음을 흘렸다.

어떤 중년의 백인 여성이 '뭐가 마시고 싶니?' 하고 물었을 때, 이여름은 코코아라고 답했고 그 이후 한 명씩 코코아를 사 오기 시작하더니 어느새 이만큼이나 쌓여 버린 것이었다.

그들의 정리가 끝나갈 무렵, 강찬 일행이 버스킹을 시작할 때부터 노래를 듣고 있던 사내 하나가 카메라를 들고 강찬 일행의 사진을 찍기 시작했다.

레드 스톤 시어터는 7관까지 있는 상당히 큰 극장이었는데 '악당'의 상영관은 2관이었다. 강찬 일행이 극장의 앞에 도착했을 때, 이여름이 말했다.

"좌석이 가득 찼으면 좋겠어요."

"그럼 진짜 좋겠네."

선댄스 영화제를 찾는 이들의 대부분은 유명 감독이나 유명 배우의 작품을 보러 오는 것이 아니다.

숨은 원석과 새로운 시각, 그리고 자극을 원하는 이들이 대다수를 차지한다.

세상은 넓고 취향은 많기에 그들은 영화를 찾아다니고 도입부가 마음에 들지 않으면 그대로 나가는 경우도 다반사.

그렇기에 관 하나를 가득 채운다는 것은 생각보다 어려운 일이다.

네 사람은 극장의 안으로 들어갔고 곧 2관의 입구에 도착했다. 영화 시작까지 10분이 남은 상황이라 이제 막 사람들이 입장을 하고 있는 상황.

"떨린다. 안에 몇 명이나 있을까."

"그러게."

강찬의 심장 또한 마구 두근거리고 있었다. 영화제, 그것도 세계적인 영화제인 선댄스 영화제에서 자신의 영화가 상영된다니.

한 명의 감독, 그전에 영화인으로서 흥분하지 않을 수 없는 상황이었다.

침을 꿀꺽 삼킨 강찬이 문을 열고 들어갔을 때, 극장의 안에는 10명 정도의 사람이 있었다.

'노래를 들은 사람들은 아직 도착하지 않았을 거고……'

이 정도면 준수하다.

아무런 홍보도 없이 포스터와 영화에 대한 설명만 보고 온 이들이니까.

'나쁘지 않아.'

첫날은 열 명이더라도 마지막 날에는 보고 싶어도 자리가 없어 못 보는, '악당'을 보기 위해 미리 자리를 잡고 앉아 있는 그런 상황을 만들어야 한다. 빈 좌석을 보며 각오를 다진 강찬이 말했다.

"저기 앉죠."

적당한 곳에 자리를 잡고 앉자 곧 북적거리는 소리와 함께 사람들이 영화관으로 들어오기 시작했다.

영화 시작까지 1분도 남지 않은 상황, 강찬 일행의 시선이 자연스레 입구로 돌아갔고 그들의 손에 들린 포스터를 발견했다.

"으하하."

강찬은 터져 나오는 웃음을 참지 못하고 터뜨리고 말았다.

"뭐야, 왜 그래?"

"저 사람들 손 봐봐."

강찬의 말에 세 사람의 시선 또한 그들의 손에 들린 포스터를 발견했고 이내 각자 기뻐하며 미소를 흘리기 시작했다.

'됐어. 통했어.'

우르르 들어온 사람들은 좌석에 앉아 있는 강찬 일행을 보더니 씩 미소를 짓고 자리를 잡고 앉았다.

그들은 이여름에게 인사를 건네거나 파이팅, 하는 제스처를 보이며 응원을 보냈고 자연스레 강찬 일행의 입가에 미소가 번졌다.

"분위기 진짜 좋은데."

"이러다 대상 타는 거 아니야?"

서대호와 안민영이 수군거리며 대화를 나누었다.

이여름은 자신의 노래를 듣고 있던 이들이 극장을 찾아주었다는 사실에 감동한 것인지 또랑또랑 빛나는 눈으로 관객들의 뒤통수를 훑고 있었다.

강찬 일행을 제외하고도 서른이 넘는 사람들이 자리에 앉았을 때, 극장 내부가 어두워지며 강찬의 영화 '악당'이 선댄스에서 첫 막을 올렸다.

'악당'의 첫 장면은 원룸 자취방 침대에 누워 있던 강찬이 나갈 준비를 하는 장면이다. 벽에 걸려 있는 검은색 싸구려 양복을 입고 양말도 신지 않은 채 구두에 발을 꿴 뒤 밖으로 나가는 장면.

장면이 끝남과 동시에 '악당'이라는 두 글자가 화면으로 떨어지듯 나타나고 그 아래로 'Villain'이라는 자막이 떠올랐다.

모든 배우가 한국어로 이야기하니 자막이 영어가 되는 것이었는데 생각 외로 색다른 맛이 있었다.

관람 분위기는 자유로웠다. 대화를 나누는 이가 있는가 하면 영화에 너무 몰입해서 중간중간 소리를 치는 이도 있었다.

물론 다른 극장에서 이랬다가는 당장 쫓겨나겠지만 여기는 영화제. 자유로운 의견 교류의 장이나 마찬가지였다.

그렇다고 영화 관람을 방해하는 사람은 없었다. 즐겁게 영화를 관람하자는 분위기가 주를 이루었기 때문.

새로운 분위기에 어색해하던 강찬 일행도 곧 영화에 빠져들었다.

'반응 괜찮다.'

영화가 마음에 들지 않는다 싶으면 그대로 일어서 나가거나 야유를 하는 이들이 더러 있는데 영화가 끝나기 전에 일어서는 이가 없다는 것 하나만으로도 강찬은 만족스러웠다.

곧 영화가 끝나며 OST '히어로'가 흘러나왔다. 관객들은 노래가 끝날 때까지 자리를 지켰고 거의 모든 엔딩 크레딧이 올라가고 나서야 극장을 나섰다.

강찬 일행은 입구에 서서 나가는 관객들과 악수를 하며 인사를 건넸고 관객들은 한 마디씩 덕담을 남기며 극장을 떠났다.

그리고 마지막 남은 사람이 계단을 올라왔을 때, 그가 손을 내밀며 말했다.

"아서 맥두인입니다."

붉은 기가 도는 갈색 머리, 덥수룩한 수염에 카메라를 목에 멘 사내였다.

'기자인가.'

그가 내민 손을 쥐며 악수를 하는 사이, 그의 반대쪽 손에 들린 악당 포스터가 강찬의 눈에 들어왔고 강찬의 얼굴에 미소가 번졌다.

"'악당'의 감독 강찬입니다."

"영화 잘 봤습니다. 그리고 여름 양의 노래도 잘 들었습니다."

그가 손에 들린 포스터를 살짝 흔들며 이여름에게 물었다.

"핫초코는 괜찮았나요?"

"아, 네."

그 또한 이여름에게 핫초코를 사준 사람 중 한 명인 모양이었다. 이여름이 해맑게 웃자 아서 맥두인은 어쩔 줄 모르겠다는 웃음을 흘리며 강찬을 바라보았다.

마치 딸바보 아버지를 보는 것 같아 보기 좋긴 했지만, 마냥 이러고 서 있을 순 없는 노릇. 강찬이 그에게 물었다.

"그런데 어쩐 일로?"

"아, 저는 인터내셔널 스크린이라는 회사에서 기자 일을 하고 있는 사람입니다. 감독님과 이야기를 좀 나누어보고 싶어서 말씀드린다는 게 깜빡했네요. 혹시 시간 괜찮으십니까?"

인터내셔널 스크린이라면 영국에서 꽤 이름 있는 잡지사다. 게다가 앞으로의 성장 가능성 또한 높은 회사.

강찬이 미소를 지으며 답했다.

"그럼요. 혹시 식사 안 하셨으면 같이하시면서 이야기하실까요?"

안 그래도 출출하던 차, 잘 되었다고 생각한 아서 맥두인이 빠르게 고개를 끄덕였고 강찬이 다시 물었다.

"저희가 파크 시티는 처음이라. 혹시 괜찮은 식당 있으면 추천 좀 해주세요."

"당연하죠. 저만 믿고 따라오세요. 제가 이번 선댄스 영화제까지 이 동네만 6번째입니다. 올 때마다 꼭 가는 식당이 있거든요. 혹시 스테이크 괜찮으십니까?"

얼굴선이 두꺼운 영국인이 말끝마다 미소를 짓는 게 어색하면서도 보기 좋았다.

그의 말을 번역해 주자 일행 모두가 좋다 답했고 그들은 아서 맥두인이 추천하는 식당으로 이동했다.

조다넬 스테이크 하우스.

투박한 간판은 80년대 미국이 떠올랐고 장식 없는 단층의 목조 건물은 카우보이들이 지은 듯한 느낌을 주었다.

"느낌 있다."

"외국인들이 우리나라에 와서 시골에 있는 국밥집 보면 이런 느낌일까?"

다들 한 마디씩 던지는 사이 아서 맥두인이 식당 안으로 들어섰다. 그러자 주인으로 보이는 할머니 한 분이 나와 아서를 끌어안았고 두 사람이 친근하게 대화를 나누었다.

곧 식탁에 앉아 메뉴를 기다리는 사이, 아서가 추위로 인해 붉어진 볼을 슥슥 문지르더니 안민영을 바라보았다.

"네 사람이 친구인가요?"

안민영의 입꼬리가 쓱 올라갔고 강찬은 단호히 고개를 저으며 말했다.

"친구보다는 직장 동료입니다. 나이 차이가 좀 나죠."

"아 그렇군요. 동양인들은…… 그 있잖아요, 엄청 어려 보이는 거. 차별적 발언은 아닙니다."

"예. 무슨 뜻인지 압니다."

우리가 서양인들을 보면 본래 나이보다 많게 느끼듯 그들 또한 동양인들을 보며 나이보다 어리게 보곤 했다.

"기분 나빴다면 미안합니다."

"나쁠 게 있나요. 우리나라에서 어려 보인다는 건 칭찬이에요."

"그건 영국도 똑같죠."

하하, 하고 미소를 지은 아서가 말을 이었다.

"여기 연어 스테이크가 아주 맛있습니다. 물론 뭘 시켜도 맛있겠지만 전 연어를 추천합니다."

그의 강력한 추천에 일행 모두가 연어를 시켰다. 그러자 아서는 '후회 없는 선택일 겁니다.' 하고 눈을 찡긋했다.

영국 특유의 중후한 발음과는 달리 장난기 넘치는 모습을 보인 아서는 강찬을 보며 말했다.

"마음 편한 식사를 위해 인터뷰 먼저 해도 되겠습니까?"

"그럼요."

"감사합니다."

그는 녹음기를 꺼내 식탁 한가운데 올린 뒤 말했다.

"혹시 사진을 찍히는 게 싫으시다거나 목소리가 녹음되는 게 싫으신 분이 계신다면 그분의 것은 편집하도록 하겠습니다. 혹시 계신가요?"

그의 물음에 모두가 고개를 젓자 아서가 씩 미소를 지으며 자신의 왼쪽에 앉은 강찬을 바라보며 물었다.

"간단한 소개해 주실 수 있을까요."

"한국에서 온 스무 살 대학생 강찬이라고 합니다."

그의 말이 끝나자 아서 맥두인은 잠깐, 하고 손을 들며 강찬의 말을 끊었다.

"스무 살이요?"

"네."

어려 보이는 게 문제인가, 할 때 아서가 말을 이었다.

"그런데 그런 영화를 만들었다고요? 공동 제작입니까?"

"아뇨. 시나리오와 연출, 감독, 편집 모두 제가 했습니다."

아서는 믿을 수 없다는 듯 입을 벌리더니 이내 미간을 찌푸렸고 무어라 물으려다 흠, 하는 탄성과 함께 입을 닫았다.

"몇 년 걸렸나요?"

"촬영 3개월, 후반 작업 2개월 걸렸습니다."

"신이시여……."

믿을 수 없었다.

스무 살에 90분짜리 장편 영화를 만들 순 있다. 감독이든 연출이든 편집이든 배우든. 어디 하나 껴서 하는 건 어렵지 않다.

할리우드의 블루칩으로 떠오르는 배우 중 스무 살이 되지 않은 이들 또한 수두룩하니까.

하지만 영화 제작 쪽은 아니다.

연기에서 외모가 차지하는, 즉 타고난 게 절반 이상을 차지한다면 영화 제작 쪽은 경험이 절반 이상을 차지한다.

"진짜입니까?"

"네."

메이킹 필름도 있고 촬영 틈틈이 찍어둔 비하인드 컷도 있다. 아서가 충격에 빠진 사이, 일행이 주문한 연어 스테이크가 테이블 위를 가득 채웠다.

"와…… 무슨 연어 스테이크가 내 팔뚝만 해."

"그냥 연어구이 아니야 이거?"

"엄청 커요!"

세 사람이 놀랄 정도로 거대한 연어 스테이크가 올라왔고 일행은 신기해하고 또 즐거워하며 사진을 찍고 식사를 시작했다.

강찬은 아직도 무슨 말을 해야 할지 감을 못 잡고 있는 아서를 보며 말했다.

"영화는 어떠셨습니까?"

아서가 대답하지 못하고 있는 이유가 바로 그것이었다.

영화 '악당'.

강찬이 만든 영화 '악당'을 한 줄로 표현하자면 인디의 탈을 뒤집어쓴 상업 영화다.

뿌리로 돌아가자는 슬로건을 내건 선댄스를 비웃듯, 너희가 원하는 건 이런 게 아니었냐는 물음을 정면에 던지는 도전적인 영화였다.

근데 그런 영화의 각본과 연출, 제작과 주연을 한 사람이 맡았으며 나이가 스물이란다.

아서는 물을 한 모금 마시더니 말했다.

"완벽했습니다."

"감사합니다."

"저뿐만 아니라 어떤 칼럼리스트가 보아도 똑같이 말할 겁니다. 무엇보다 새로운 시각이 너무 좋았습니다. 독립 영화라는 장르, 그 자체에 질문을 던진 것. 의도하신 겁니까?"

강찬은 대답 대신 미소를 지었다.

의도긴 의도다.

물론 완벽히 의도한 건 아니지만. 작품을 만드는 건 강찬의 몫이지만 판단을 하는 것은 관객의 몫. 그들이 알아서 좋게 해석해 주겠다는데 굳이 긁어 부스럼을 만들 필요는 없다.

"이거, 제 인터뷰가 된 느낌이네요."

강찬의 입가에 걸린 여유를 본 아서는 하하, 웃고는 목덜미를 주물렀다. 그러면서 표정을 정리한 그는 다시 프로페셔널한 기자의 모습이 되어 질문을 이어갔다.

"아까 이름과 나이까지 들었었죠. 이어서 소개해 주실 수 있으신가요?"

"예. 저는……."

강찬의 커리어와 학교, 영화를 제작하게 된 계기 등에 대해 대화를 나누다 보니 식사가 끝났다.

강찬 일행은 후식까지 먹으며 인터뷰를 진행했고 거의 두 시간이 걸리고 나서야 인터뷰를 끝낼 수 있었다.

"내일 중에 기사를 보실 수 있을 겁니다."

아서는 명함을 한 장 건네며 말했다. 그가 건넨 명함에는 인터내셔널 스크린 홈페이지의 주소와 개인 메일이 쓰여 있었다.

"기대되는데요?"

"기대하셔도 좋습니다. 내일도 공연하신다고 하셨죠?"

"예. 센트리 시네마 앞에서 오후 4시에 합니다."

"그럼, 그때 뵙겠습니다."

아서는 마지막으로 사진을 한 장 더 찍은 뒤 돌아갔다.

선댄스 영화제의 이튿날이 밝았다.

강찬은 눈을 뜨자마자 노트북을 켜고 인터내셔널 스크린 홈페이지에 들어가 보았다.

"벌써 올라왔네."

시간을 보니 이제 오전 10시. 기사가 올라온 시간은 오전 8시였다. 강찬은 기대되는 마음으로 기사를 훑기 시작했다.

제목: 충격. 그 이외의 말로는 설명할 수 없는 영화, '악당'.

본문: 대한민국, 영화판에서는 그리 알려지지 않은 나라의 이름이

다. 나 또한 '악당'의 감독인 '강찬'을 만나기 전까지는 잘 모르는 나라였다. 하지만 이제는 그 나라에 대해, 그리고 그 나라에서 나고 태어나 올해 스무살이 된 감독. 강찬을 집중해야 할 때가 되었다.

후략.

기사의 서문을 읽은 강찬의 얼굴에 미소가 번졌다.

기사에서는 강찬이라는 인물, 그리고 그가 만든 영화와 기자 본인, 즉 아서 맥두인이 느낀 모든 감정이 단 하나의 포장도 없이 적혀 있었다.

어떻게 보면 두서가 없다 느낄 수도 있으나 그가 느꼈던 '충격'은 아주 잘 표현되어 있었다.

'기사 잘 쓰네.'

기사를 읽은 사람이라면, 그리고 선댄스 영화제에 관심이 있는 이라면 누구라도 '악당'을 찾아보고 싶어질 만큼 잘 쓴 기사였다.

만족스러운 미소로 고개를 끄덕인 강찬은 아서 맥두인에게 기사를 잘 읽었으며 고맙다는 메일을 전한 뒤 오늘의 일정을 확인하기 시작했다.

오후 4시.

강찬 일행은 어제와 같은 준비를 해서 센트리 시네마 앞 광장에 도착했다. 그리고 거리 공연을 위해 준비를 하고 있을 때, 오늘 부를 노래를 점검하고 있던 이여름이 말했다.

"어, 어제 그 기자 아저씨 저기 오세요."

그녀의 말을 듣고 광장 입구를 보니 붉은 머리에 아서 맥두인이 손을 흔들며 걸어오고 있었다.

"반갑습니다."

그는 한 손에는 네 잔의 커피가 담긴 트레이를 들고 있었는데 김이 올라오는 걸 보니 마시기도 전에 속이 뜨끈해지는 느낌이 들었다.

"뭘 이런 걸 다."

아서는 씩 웃으며 커피를 받는 일행의 사진을 찍더니 말했다.

"오늘은 거리 공연에 대해 기사를 좀 쓰고 싶은데 괜찮을까요?"

"그럼요."

누군가 기사를 써준다는 것, 그것도 영향력이 있는 잡지의 기자라면 두말할 것도 없이 오케이다.

아서는 방해가 되지 않도록 주변을 돌며 사진을 찍기 시작했고, 곧 준비가 끝나자 이여름이 노래를 부르기 시작했다.

오늘의 공연 또한 성공적이었다. 아서는 스스로 바람잡이를 자처하며 노래를 신청하고 포스터에 사인을 받아갔으며 커피를 사다 주었다.

그러자 다른 관광객들 또한 스스럼없이 노래를 신청했고 점점 많은 사람이 모여들었다.

"와…… 거의 백 명 되겠는데?"

30분에 걸친 공연이 끝나갈 때쯤, 백여 명에 가까운 사람들이 모여들었다. 그들 중에는 진행요원들도 끼어 있었다.

그들은 강찬 일행이 벌이는 공연이 부정행위가 아니라 생각했는지 오며 가며 공연을 구경했고 개중 하나는 직접 노래를 신청하기도 했다.

'잘하면 나흘 안에 만석 채우겠다.'

포스터를 받은 이들 중 30%만 와도 서른 명이다. 아서의 기사까지 있으니 오늘은 더 많은 이들이 모일 터.

이대로라면 극장을 꽉 채우는 건 시간문제일 것 같았다.

시간은 빠르게 흘렀다.

강찬 일행의 공연은 이슈가 되어 기사를 타고 멀리 퍼졌고, 그들의 공연을 보기 위해 찾아오는 이들이 늘어나기 시작했다.

공연이 점점 더 체계화되고 미니 콘서트 정도의 크기가 되었을 때, 그들을 따라 하는 팀들이 나타났다.

노래하거나 춤을 추고, 단막극을 하며 포스터를 배부하는 팀이 나타난 것이다.

하지만 그들은 강찬 일행의 아류. 원류만큼 인기를 끌진 못했고 결국, 강찬 일행의 홍보를 도와주는 셈이 되어버렸다.

물론 순풍만 불진 않았다.

그들을 시기하는 이들 혹은 한쪽에만 이목이 집중되는 것을 불편해하는 기자들과 팀들이 그들을 비판하는 기사를 내놓기도 했다.

개중 '프리미어 시네마'의 기자, '프레드릭 헤렛'이 쓴 기사는 꽤 호응을 얻었고 여러 군데 퍼지긴 했으나 신경 쓸 정도는 아니었다.

"그래도 재수 없긴 하네."

"남 잘되는 꼴 못 보겠다는 거죠."

"그럼 본인들이 잘하던가."

"자기가 올라갈 자신이 없으니까 저러는 거겠죠. 다른 사람을 비판하면서 자신도 그와 같은 위치에 있다 자위하는 거죠, 뭐."

강찬의 시니컬한 말에 안민영은 오, 하는 말을 흘렸고 어느새 찰거머리처럼 붙어 다니던 아서는 안민영에게 물었다.

"감독이 뭐래요?"

안민영은 그에게 그대로 전해주었고 아서는 재미있다는 듯 씩 미소를 지으며 강찬의 옆얼굴을 바라보았다.

그렇게 5일째 되는 날.

공연을 마친 이들이 지친 몸을 이끌고 레드 스톤 시어터를 찾았을 때, 그들은 자신의 눈을 의심했다.

"……맙소사. 저거 줄이야?"

"그런 거 같은데요."

사람들이 줄을 서서 레드 스톤 시어터에 입장하고 있었다. 관이 많은 극장이었기에 '악당'이 상영하는 관에 입장하는 거라 생각하긴 일렀지만.

그래도 흥분되는 것은 어쩔 수 없었다.

살짝 흥분한 네 사람이 극장 안으로 들어섰고 '악당'이 상영되는 2관의 입구로 갔을 때.

"……대박."

"이거 진짜지? 이 사람들 우리 영화 보러 들어가는 거지?"

"맞아."

"와!"

네 사람은 각기 다른 방식으로 환호하며 방방 뛰었고 그사이 그들을 알아본 관람객들이 하나둘씩 사진을 찍거나 말을 걸어왔다.

그리고 흐뭇한 얼굴로 그 모습을 지켜보고 있던 인터내셔널 스크린의 기자, 아서 맥두인은 빠르게 셔터를 누르며 사진을 찍기 시작했다.

'그림 좋네.'

벌써 기사의 제목도 생각났다.

'선댄스 영화제 최초, 20살 감독의 영화가 '만석'을 이루어내다.'

제목을 생각하는 것만으로 짜릿했다. 아서 맥두인은 추위가 아닌 등골을 타고 흐르는 소름에 몸을 부르르 떤 뒤 사진을 찍는 것에 집중했다.

가득 찬 관객석을 본 강찬은 기분을 주체하지 못하고 헤실헤실 웃음을 흘렸다.

'……됐어. 진짜 됐다.'

백중혁에게 전화를 해야 한다. 관객석이 가득 찼다고, 대상받을 수 있을 것 같다고.

한국 상영 일정을 정하고 판권을 계약하는 순간, 강찬은 돈방석에 앉게 되는 것이다. 앞으로 투자금 걱정 없이 영화를 찍을 수 있을 것이다.

강찬이 백중혁에게 전화를 걸기 위해 극장을 빠져나왔을 때.

"미스터 강?"

처음 보는 사내가 강찬의 어깨를 두들겼다.

"예."

짧고 노란 머리, 주먹만 한 머리에 잘생긴 얼굴의 사내였다. 어디서 본 적 있는 것 같은데, 하는 생각을 하고 있을 때 그가 말했다.

"마이클 홀랜드입니다."

마이클 홀랜드, 홀랜드.

흔한 이름이었기에 떠오르는 이가 많았다.

유명한 특수 효과 감독, 투자자 등. 하지만 강찬의 눈앞에 있는 이는 삼십 대 초중반. 이렇게 젊은 남자는 그중에 없었다.

그의 이름을 혀끝으로 굴려보던 강찬이 아, 하는 말과 함께 답했다.

"심사위원 아니십니까?"

마이클 홀랜드는 씩 웃음을 짓더니 고개를 끄덕였다.

"예."

97년, 배우로 데뷔해 현재는 영화감독의 길을 걷고 있는 마이클 홀랜드.

독립 영화에 대한 애정으로 자신이 번 돈의 반 이상을 독립 영화감독 지원에 쓰는 것으로 더 유명한 사람이었다.

그렇기에 삼십 대 초반이라는 젊은 나이에도 선댄스 영화제 심사위원의 자리에 초청받을 자격이 있는 사내.

"대화 한번 나눠보고 싶어서 이렇게 찾아왔습니다."

"심사위원과 참가자가 대화를 나누어도 되나요?"

"물론 남의 눈에 보기 좋진 않겠지만. 이미 결과가 나온 상황이라면 상관없지 않겠습니까?"

이미 결과가 나왔다?

즉, 누구에게 상을 줄지에 대해 대충 윤곽이 잡혔거나, 혹은 이미 모두 결정되었다는 뜻이었다.

강찬은 궁금한 표정으로 마이클 홀랜드의 얼굴을 보았다가 이내 입꼬리를 말아 올렸다.

누가 어떤 상을 받았나 묻고 싶었지만 물어봤자 대답해 주지 않을 것이었다. 게다가 마이클 홀랜드는 그의 질문을 기다리는 듯 미소를 짓고 있는 상황.

굳이 그가 가진 정보를 얻기 위해 굽히고 들어가며 페이스를 빼앗길 필요가 없었다.

'대화를 원한다라.'

천천히 고개를 끄덕인 강찬은 간단하게 대답했다.

"그렇군요."

"예. 그렇죠."

두 사람은 서로의 눈을 바라보았고 이내 마이클 홀랜드가 하하, 하고 웃더니 말을 이었다.

"대학생이라 했던 거로 기억하는데. 당신 눈이 참 인상적입니다. 스무 살로는 보이지 않는 눈을 갖고 계시네요."

"그야 불혹이 꺾여가는 중이니까요."

"……예?"

"농담입니다."

마이클 홀랜드는 미간을 찌푸렸다가 이내 농담이라 생각했는지 헛웃음을 흘린 뒤 짧은 앞머리를 쓸어 올리며 말했다.

"제가 진행하는 오픈 패널 토크가 있습니다. 사흘 뒤에."

사흘 뒤라면 영화제 8일째다.

오픈 패널 토크를 하기 좋은 타이밍. 강찬이 고개를 끄덕이자 그가 말을 이었다.

"아직 패널을 못 구했는데, 제 생각에 미스터 강이 그 자리에 잘 어울릴 것 같습니다. 어떻게 생각하십니까?"

"그렇게 하죠."

빠른 대답에 마이클 홀랜드가 오, 하는 탄성과 함께 말했다.

"생각만큼 쿨한 모습. 보기 좋습니다."

그는 엄지를 척 추켜올린 뒤 강찬에게 손을 내밀었다. 강찬이 그의 손을 쥐자 마이클 홀랜드는 힘차게 위아래로 흔들며 말을 이었다.

"그럼 오픈 패널 토크에서 뵙죠."

사흘은 쏜 살처럼 빠르게 흘렀다.

'악당'이 걸리는 극장마다 만석 행진이 이어졌다. 만석으로 '악당'을 볼 수 없게 된 이들이 옆 관에서 하는 다른 영화라도 본 덕이었다.

강찬 일행의 길거리 공연은 일종의 문화가 되었고 지금에 이르러서는 극장을 빌려줄 테니 자신의 극장에서 공연해 달라는 이들이 생길 정도였다.

하지만 강찬은 거절했다.

이 공연은 돈을 벌기 위해 하는 공연이 아니다. 게다가 이미 충분히 인기를 끌었으니 더 이상 할 필요도 없었다.

하지만 관객들과 이토록 가까운 거리에서 소통하는 기회를 버리고 싶지 않았다.

오늘도 한 차례 공연을 마친 강찬 일행은 곧바로 버스에 올랐다.

"오픈 패널 토크가 있다고 했지?"

"예. 심사위원 중 한 명이 진행하는 토크인데……. 관객과 소통하는 토크쇼라고 생각하시면 돼요."

"그거야 알지."

잠시 대화를 나누는 사이 차가 극장에 도착했다.

이번 오픈 패널 토크는 극장을 빌려 열렸으며 초대된 이는 강찬과 이여름이었다. 초대를 받지 못한 안민영과 서대호는 관객석으로 향했고 두 사람은 준비를 위해 무대의 뒤로 향했다.

거대한 스크린의 앞, 세 개의 의자가 놓여 있었다. 두 개의 의자는 비어 있었으며 하나의 의자에만 사람이 앉아 있었다.

짧고 노란 머리, 선이 굵고 코가 큰 전형적인 색목인의 얼굴을 한 마이클 홀랜드가 마이크를 들며 말했다.

"연일 만석 행진을 이어나고 있는 영화가 한 편 있습니다. 이건 굉장히 이례적인 일이죠. 선댄스의 상영료는 비싼 거로도 유명하니까요."

선댄스 영화제는 영화 티켓을 네 종류로 나누어 판매한다. 하루 자유 이용권, 10편 이용권, 베스트 관람권, 그리고 극장 관람권.

어떻게 보면 우리나라의 놀이공원 입장권과도 비슷한 방식이고 가격 또한 놀이공원만큼 비싸다.

대충 평균을 내자면 한 편을 관람하는데 들어가는 비용은 20달러 정도. 확실히 싼 금액은 아니다.

"그런데도 재관람률이 10%를 넘었습니다. 이것 또한 굉장히 이례적이죠. 게다가 이 영화를 만든 감독의 나이는 열아홉입니다. 이것 또한 이례적이죠. 이렇게 많은 이례를 만드는 사람을 뭐라고 하는지 아십니까?"

관객들에게 하는 질문이었다. 마이클 홀랜드는 씩 웃더니 말을 이었다.

"천재라고 합니다. 그래서 전 기쁩니다. 이런 사람을 선댄스 영화제에서 처음으로 소개할 수 있다는 게. 내가 심사위원을 맡았을 때 이런 작품을 심사할 수 있다는 게 말입니다. 그리고 여러분 또한 행운아입니다. 곧 모든 극장에 이 영화가 걸리게 되고 화제가 될 겁니다. 그때 여러분은 말할 수 있습니다."

확실히 달변가다.

호흡도 그렇고 말 중간중간에 하는 제스처 또한 관객들의 시선을 확실히 사로잡고 있었다. 배우와 감독이라기보다는 뮤지컬 배우 같은 느낌.

"선댄스에서 그 감독 봤어. 그리고 사인도 받았는걸. 세상에 이제야 그 영화를 본다고? 시대에 뒤떨어졌구나. 이거 보여? 내 셔츠에 적힌 거, 그 사람의 사인이야 하고 말이죠. 소개합니다. 영화 '악당'의 감독. 미스터 강입니다."

무대 뒤에 서 있던 강찬은 헛웃음을 흘리며 무대에 올랐고 그와 동시에 스포트라이트와 환호가 이어졌다.

강찬이 무대에 오르자 마이클 홀랜드가 마이크를 건네며 의자를 가리켰다.

"안녕하십니까. '악당'의 감독 강찬입니다."

강찬이 인사를 하고 나서도 한참이나 환호가 멈추지 않았다. 몇 번이나 말을 하기 위해 마이크를 들었던 마이클 홀랜드는 관객이 진정되지 않자 하, 하고 포기하는 듯한 제스처를 취하며 말했다.

"이래서는 다음 사람이 등장할 수 없는데 말입니다."

마이클 홀랜드의 말이 끝나기 무섭게 환호가 잦아들었다. 다음 사람이라는 말이 주는 기대감, 그리고 누군지 예상할 수 있었기에 어서 빨리 그 사람이 등장하길 바라는 원하기 때문이었다.

"이거 좀 상처가 되는군요. 이래 봬도 10년째 할리우드에서 연기를 하고 있는 사람인데 저보다 더 환호를 받는 미성년자들이라니."

마이클 홀랜드는 투덜거리더니 말을 이었다.

"그래도 소개는 해야겠죠. 저도 기대가 되니 말입니다. 여기 계신 여러분 중 대부분은 이 노래를 기억할 겁니다. 'HERO'. 저도 몇 번이나 들었고 물어보기까지 했습니다. 음원 발매가 언제냐고 말이죠."

그의 말이 끝나자 관객들은 되지도 않는 발음으로 '여름! 여름!'하고 이름을 연호하기 시작했다.

"진정해요. 덩치 큰 어른들이 10살짜리 아이의 이름을 그렇게 불러대면 무서워서 못 나올 수도 있지 않겠습니까. 이러다 겁먹어서 노래도 못하면 어쩌려고 그러십니까."

마이클 홀랜드는 조련사 같았다. 300명에 달하는 관객들을 손바닥 위에 올려놓고 조련하는 조련사.

그의 말에 좌중은 약속이라도 한 듯 입을 다물었고 마이클 홀랜드가 미소를 지으며 말했다.

"그렇다고 그녀가 무대에 오를 때의 환호까지 하지 말라는 말은 아닙니다. 소개합니다. 영화 '악당'의 히로인이자 선댄스 영화제의 마돈나로 등극한, 이여름 양입니다."

강찬 때보다 더 큰 환호가 터져 나왔다. 무언가 배신당한 기분에 관객들을 바라보았지만, 그들은 이여름만 바라보고 있을 뿐이었다.

캐쥬얼한 청바지에 분홍 스웨터, 그리고 긴 머리를 늘어뜨린 그녀는 한 손에 마이크를 들고 있었고.

무대에 올라옴과 동시에 모든 불이 꺼지며 핀포인트가 그녀를 조명했다. 관객들이 술렁일 때, 악당의 OST, 'HERO'의 전주가 흘러나오기 시작했다.

'역시 선댄스라는 건가.'

분위기가 자유롭다 못해 천방지축이다. 관객과 감독, 스태프와 배우는 영화인이라는 이름 하나로 묶여 있고 선댄스는 그 모두가 즐기는 축제다.

그래서 강찬 또한 즐거웠다. 영화를 성공시켜야 한다는 강박 아래 영화를 만들고 모두와 함께 즐기는 것을 잊고 있었는지도 모른다.

'……좋네.'

강찬은 마이크를 쥔 손을 슬쩍 내리고 이여름의 노래에 귀를 기울였다.

"이만한 주목을 받게 된 계기가 있죠. 바로 거리 공연입니다. 어떻게 거리 공연, 그리고 거리 공연의 대가로 포스터를 나눠줄 걸 생각해 냈나요?"

'어떻게라……'

뜬금없이 장금이가 생각났다.

홍시 맛이 나서 홍시 맛이 난다는데 왜 홍시 맛이 나냐 물으신다면.

그것과 같았다.

"그냥 그렇게 하면 더 좋지 않을까 하는 생각이 들었습니다."

"그냥 '제가 천재라 그렇습니다'라는 대답으로 들리는데요."

"정확히 말하자면 거리 공연의 아이디어는 여름이가 낸 거고, 전 숟가락만 얹었을 뿐입니다."

"때늦은 겸손이군요. 뭐 그런 모습도 좋습니다. 이 프로그램의 이름이 '오픈 패널 토크'인 건 아시죠?"

"예."

"진행 방식도 아시겠군요. 여기 관객분들이 미리 준비해 주신 질문이 있습니다. 이중 제가 몇 개를 골라 질문할 테니 대답해 주시면 됩니다."

"알겠습니다."

오픈 패널 토크.

말 그대로 영화 관계자들이 무대에 오르고 질문과 대답을 하는 프로그램이었다.

영화제의 초반부에는 영화의 상영이 주를 이룬다면 후반부에는 이런 식으로 관객과 소통하는 장이 주를 이룬다.

"첫 번째 질문입니다. PG-13 등급 영화의 주연이 10살이라는 걸 어떻게 생각하시나요?"

PG-13 (Perantal Stongly Cautioned).

즉 13살 이하는 관람할 수 없는 등급의 영화다. 한국으로 치자면 12세 미만 관람 불가의 영화.

"아쉽지만 이여름 배우는 자신이 출연한 영화를 볼 수 없을 겁니다. 물론 부모님과 함께한다면 볼 수 있겠지만요."

"재미있는 상황이네요. 자 그럼 두 번째 질문. 여자친구가 있습니까? 뒤에 한 문장이 더 있긴 하지만. 당신의 대답 여하에 따라 달라질 테니 일단 대답부터 해주시죠."

강찬은 씩 미소를 지은 채 말했다.

"노코멘트 하겠습니다."

"그럼 있다는 것이군요. 아쉽네요. 뒤 문장은 '없다면 난 어떤가요? C-17 좌석입니다'라고 쓰여 있네요."

곧 카메라가 돌아가며 C-17 좌석을 비추었고 금발의 서구적인 미인이 손을 흔들었다. 당당한 모습에 강찬이 어색하게 웃자 마이클 홀랜드가 말했다.

"꽤 미인인데 미스터 강은 눈길조차 주지 않는군요. 미스터 강의 여자친구는 굉장히 아름답고 매력적인 분인가 봅니다. 뭐 하십니까, 기자 여러분? 어서 기사를 올리세요."

이후로도 서른 개가 넘는 질문이 쏟아졌다. 거의 전부가 강찬에게로 향한 것이었는데 디테일한 연출 방법부터 편집 툴까지 의외로 전문적인 질문들도 있었다.

"그럼 마지막 질문입니다. 당신의 영화는 뜨거운 감자입니다. 수많은 이들이 극찬하지만, 반대편에 선 이들은 독립 영화의 탈을 쓴 상업 영화라 비판하고 있습니다. 이에 대해 어떻게 생각하십니까?"

"동의합니다."

"어떤 부분에요?"

"독립 영화의 탈을 쓴 상업 영화, 맞습니다. 영화 '악당'의 기획 의도가 그것이었습니다. 독립 영화의 근원이 무엇입니까? 상업 영화의 근원은 뭐죠? 돈을 벌면 상업 영화고, 메시지를 담으면 독립 영화인가요? 그렇다면 메시지를 담은 상업 영화는 독립 영화가 되는 겁니까?"

마이클 홀랜드에게 묻는 말이 아닌 모두에게 묻는 말이었다. 침묵이 찾아온 관객석을 슥 훑어본 강찬이 말을 이었다.

"제게 영화는 재미입니다. 재미만 있다면…… 장르가 뭐든 어떻겠습니까."

말을 마친 강찬은 더 할 말이 없다는 듯 마이크를 놓았고 마이클 홀랜드는 강찬의 옆얼굴을 보다가 이내 일어서 말했다.

"오픈 패널 토크는 여기까지입니다. 함께해 주신 분들 모두 감사드립니다."

선댄스 영화제의 마지막 날, 그리고 선댄스 영화제 시상식의 날이 밝았다.

안민영과 서대호는 스태프로 온 것이었기에 레드카펫을 밟는 영광을 누리지 못했다. 두 사람은 굉장히 아쉬워했지만 어쩔 수 없었다.

그렇기에 시상식으로 향하는 차 안에는 이여름과 강찬 두 사람만 타고 있었다. 이여름은 긴장한 것인지 손가락을 꼼지락거리며 고개를 숙이고 있었다.

그 모습에 강찬이 그녀의 머리를 쓸어주며 말했다.

"너무 긴장하지 마."

"안 했어요."

"아니긴."

그의 말에 이여름은 투정을 부리듯 고개를 휘휘 젓더니 강찬을 바라보더니 말했다.

"감독님. 저 드릴 말씀이 있어요."

이여름은 침을 꿀꺽 삼키더니 주머니에서 명함 한 장을 꺼내 보여주며 말했다.

"엔터테인먼트에서 제의가 왔어요."

"……엔터테인먼트?"

"네. 유명한 가수들이 있는 엔터테인먼트를 소개해 주겠대요. 혹시 라이커넥트 뮤직이라고 아세요?"

알다마다.

소니 뮤직과 어깨를 나란히 하는 엔터테인먼트다. 소속된 가수들이 빌보드 1위를 차지한 기간만 다 합쳐도 1년 가까이 되는 어마어마한 엔터테인먼트.

강찬의 설명을 들은 이여름은 명함을 든 손을 달달 떨기 시작했다.

"진짜요? 진짜?"

"그럼. 엄청 큰 회사야. 우리나라 매니지먼트랑은 비교도 할 수 없을 만큼 큰 회사고, 또 그만큼 큰 기회인걸."

만약 이여름이 여기서 가수의 길을 걷겠다 말한다면?

아쉽긴 하겠지만 보내줄 생각이었다. 이여름만큼 끼가 넘치는 데다 연기를 잘하는 배우를 찾는 게 쉽지는 않을 것이다.

하지만 자신의 욕심 때문에 다른 사람의 인생이 찬란히 빛날 수 있는 기회를 놓치게 하고 싶진 않았다.

'다른 배우를 찾으면 되고…… 여름이를 미국 시장에 보내놓는 것도 나쁘지 않겠지.'

아깝고 또 아쉬웠지만, 이여름이 미국 시장에서 성공한 뒤에 자신의 영화에 출연시킨다면 그것 또한 하나의 조커 카드가 될 수 있다.

그리고 자신이 아무리 고민해 봤자 판단은 이여름의 몫. 결정을 내린 강찬이 천천히 고개를 끄덕이며 말했다.

"천천히 생각해 보고 잘 결정하렴."

"감독님은 어떻게 생각하세요?"

"아주 좋은 기회지."

"아뇨. 제 입장 말고 감독님의 생각이요."

자신을 먼저 생각해 주는 이여름의 얼굴이 어찌나 귀여운지, 강찬은 자신도 모르게 이여름의 머리를 쓰다듬어준 뒤 말했다.

"여름이가 하고 싶은 일을 했으면 좋겠어."

그의 말에 이여름은 천천히 고개를 끄덕이더니 이내 명함을 자신의 주머니에 도로 넣었다.

"신중하게 생각해 보고 어머니와 대화를 나누어보렴. 방금도 말했지만 난 아주 좋은 기회라고 생각해."

"네."

이여름 또한 알고 있었다.

이게 아주 좋은 기회라는 것을. 그렇기에 고민이 되었다.

'배우가 하고 싶어.'

하지만 가수의 길에 마음이 가는 것 또한 부정할 수 없는 사실이었다. 열흘 동안 노래를 하고 자신의 노래에 환호해 주는 사람들과 호흡하는 경험은 이여름의 마음을 흔들어 놓기 충분했다.

그렇다고 강찬의 곁을 떠나 노래를 하고 싶진 않았다. 강찬의 시나리오 안의 캐릭터가 되어 영화를 찍는 것은 노래를 부르는 것보다 훨씬 즐거웠으며 또 자신의 영화를 보고 환호해 주는 이들을 보는 것 또한 너무나 즐거웠다.

'모르겠어.'

이여름은 주머니에 들어 있는 명함을 느끼며 천천히 고개를 끄덕였다. 강찬의 말대로 좀 더 생각해 본 뒤 결정해도 괜찮을 테니.

두 사람이 생각에 잠긴 사이, 그들이 탄 차는 시상식장에 도착했다.

"레드카펫이다."

창밖으로는 시상식장의 입구까지 레드카펫이 이어져 있었고 그 옆에 가이드라인을 따라 수많은 기자와 사람들이 두 사람이 내리기만을 기다리고 있었다.

"먼저 내릴게."

"네."

차에서 내린 강찬이 레드카펫 위로 발을 디뎠다. 눈처럼 푹신한 감촉에 자연스레 미소가 지어졌을 때, 강찬은 뒤로 돌아 이여름이 내리는 것을 도와주었다.

강찬과 이여름이 레드카펫에 서자 카메라 플래시가 사방에서 터져 나왔고 포토라인 밖에 선 사람들의 환호가 그들의 고막을 울렸다.

"세상에……."

그들은 강찬과 이여름, 그리고 영화 '악당'의 제목을 연호하며 레드카펫에 선 두 사람을 환영해 주었다.

강찬은 떨고 있는 이여름의 손을 꼭 쥔 뒤 포토월 앞에 가서 섰다.

"긴장할 필요 없어."

"그래도……."

수많은 사람 앞에서 노래할 때의 패기는 어디로 간 건지 이여름은 몸을 움츠리고 있었다. 멍석이 깔려 있을 때와 아닐 때가 이렇게 차이 난다니.

그래도 귀여우니 괜찮다.

강찬은 쥐고 있던 이여름의 손을 위로 들어 맞잡은 손을 함께 흔들었다. 처음에는 당황했던 이여름은 강찬과 눈을 맞추었다가 이내 고개를 끄덕인 후 미소를 지으며 환호에 화답해 주었다.

"안녕하십니까. 2006년, 제20회 선댄스 영화제의 시상식 사회를 맡은 마이클 홀랜드입니다."

이번 시상식의 얼굴마담은 마이클 홀랜드인 모양이었다. 세미 정장을 입은 그는 무대에 올라 인사를 하더니 이내 마이크를 쥐고 말했다.

"뿌리로 돌아가자. 이번 슬로건이었죠. 처음에 이 슬로건을 들었을 때, 무슨 생각이 드셨습니까?"

그는 관객들이 생각할 시간을 주듯 마이크에서 입을 뗀 뒤 단상에 양손을 기대었다. 그리곤 자신의 뒤에 펼쳐진 스크린을 가리키며 말했다.

"당신, 나, 그리고 우리는 모두 영화를 만들거나 관심 있는 사람들입니다. 그들에게 뿌리는 무엇일까요? 그리고 독립 영화의 뿌리는 또 무엇일까요? 전 메시지라고 생각합니다. 하지만 그 메시지가 너무 난해해 관객이 이해할 수 없으면 안 되겠죠. 그리고 또, 너무 메시지만 담아 중간에 지루해져 잠이 들어서도 안 되겠죠."

고개를 끄덕이는 이가 있는가 하면 이해할 수 없다는 듯 고개를 젓는 이도 있었다. 강찬은 고개를 끄덕이는 쪽이었다.

"그래서 두 가지입니다. 재미, 그리고 메시지. 뿌리도 그것이라 생각합니다. 초창기의 독립 영화는 영화라 부르기 힘들었습니다. 다큐멘터리였죠. 아, 다큐멘터리 무비를 찍으시는 분들에게 그건 영화가 아니라고 말하는 건 아닙니다. 단지…… 다큐멘터리 영화와 다큐멘터리는 다르잖아요?"

어느새 관객들은 그의 말에 집중하고 있었다. 숨소리만 들리는 시상식장 안, 마이클 홀랜드가 관객들을 슥 훑더니 말을 이었다.

"이번 슬로건이 말하는 '뿌리'는 그때로 돌아가는 게 아닙니다. 상업적인 것을 타파하자는 것도 아닙니다. 조금 더 본질을 찾아가자는 것이죠. 그런 의미에서 이번 선댄스 영화제는 굉장히 성공적이었습니다. 아주 많은 작품이 본질을 찾기 위해 노력했고 또 찾아내는 데 성공한 것으로 보이니까요."

마이클 홀랜드의 말이 끝나자 그의 등 뒤로 선댄스 필름 페스티벌 2006이라는 문구가 떠올랐다.

"그리고 이번 시상식에서 상을 받는 분들은, 그 답에 근접한 분들일 겁니다. 그럼 2006년 선댄스 영화제 시상식을 시작하겠습니다."

환호와 박수, 그리고 현란한 조명 아래 선댄스 영화제의 마지막 이벤트, 시상식이 화려한 막을 올렸다.

선댄스 영화제에는 22개의 상이 있다.

그중 대표적인 '심사위원 대상'이며 미국 다큐멘터리, 미국 드라마, 월드 시네마, 월드 다큐멘터리로 총 네 개의 상이 있다.

시상식은 작은 상부터 하나씩 수상했다.

사회자가 나와 후보를 나열하며 카메라가 그들의 얼굴을 찍고 곧 수상자를 발표한다. 그런 방식으로 18명의 시상이 끝났을 때.

마이클 홀랜드가 무대 위로 올라오며 손가락을 튕겼다. 그러자 화려했던 조명이 차분해지며 장내가 조금 더 어두워졌다.

"그럼 모두가 기다리시던 심사위원 대상 수상을 시작하겠습니다. 첫 장르는 '심사위원 대상 - 미국 드라마' 장르입니다."

그의 뒤에 있던 스크린에 총 16개의 작품이 나열되었다. 곧 작품의 포스터가 뒤집히며 감독들의 얼굴이 화면에 나타났다.

몇몇은 자리에 참석하지 않은 것인지 포스터가 그대로 있기도 했다.

"그럼 발표하겠습니다. 미국 드라마 장르의 대상은…… 달콤한 나이 - 리처드 저래트!"

와, 하는 환호와 함께 박수 소리가 터져 나왔지만, 무대 위로 오르는 사람이 없었다. 마이클 홀랜드는 당황하는 대신 헛웃음을 흘리며 마이크를 쥐었다.

"선댄스 영화제의 수상작 선정 과정은 정말 극비로 이루어지는 걸 아시겠죠? 오죽하면 당선한 사람이 자리에 없겠습니까."

그가 너스레를 떨며 시간을 벌고 있을 때, 진행요원 하나가 무대로 올라와 무어라 전했다. 그러자 마이클 홀랜드가 크게 웃고선 마이크를 잡았다.

"오, 우리의 대상 수상자. 리처드 저래트는 이 앞 광장에서 눈싸움을 하다가 전화를 받았다고 하네요. 지금 달려오고 있다 하니 잠시만 기다려주시면 감사하겠습니다."

그의 말이 끝나고 얼마나 지났을까, 뒷문이 벌컥 하고 열렸다.

그곳에는 방금까지 눈싸움을 하고 있단 것을 증명하듯 온몸에 새하얀 눈을 묻히고, 새빨개진 얼굴의 사내가 있었다.

사내, 리처드 저래트는 주변을 휙휙 둘러보더니 무대 위로 달려 올라갔다.

"천천히 오세요. 우리는 지금 꽤 재미있는 광경을 구경 중이거든요."

마이클 홀랜드의 말에 웃음이 터져 나왔고 리처드 저래트는 더욱 붉어진 얼굴로 무대에 올랐다.

그리곤 마이크를 건네받은 뒤 후, 하는 한숨 뒤에 말했다.

"Oh, Fuck……."

그의 첫마디는 욕설이었다.

미국 드라마 심사위원 대상, 미국 다큐멘터리 심사위원 대상, 그리고 월드 다큐멘터리 심사위원 대상 시상까지 끝나고 강찬이 기다리던 월드 시네마 심사위원 대상 시상의 시간이 왔다.

"올해 심사위원 대상은 만장일치였습니다. 영화가 시작되고 10분 만에 제가 말했죠. '이거 대상인 거 같은데.' 그리고 30분이 지났을 때, 루가 말했습니다. '나도 그렇게 생각해.' 그리고 영화가 끝났을 때, 한마디도 하지 않았던 빈터베르그가 말했습니다. '완벽하군.'. 심사위원의 극찬을 받은 이번 대상의 주인공은 누구일까요?"

다시 한번 16개의 포스터가 떠올랐고 그 안에는 강찬의 영화 '악당' 또한 그 사이에 있었다.

"다들 충분히 기다렸으니 바로 발표하죠. 이번 월드 시네마 부문, 심사위원 대상의 주인공은."

마이클 홀랜드는 가지고 올라온 종이봉투를 펼쳤고 하나의 제목과 하나의 이름을 발표했다.

"영화 '악당'의 강찬."

핀포인트가 강찬의 머리 위로 쏟아졌고 스크린에서는 강찬의 포스터가 크게 확대되었다. 그리곤 모든 카메라가 강찬을 찍어댔다.

사방에서 플래시가 터져 나왔으며 고막이 먹먹할 정도의 환호가 강찬을 감쌌다.

"진짠가."

고막을 울리던 소리는 한순간 하나로 합쳐졌고 아무것도 들리지 않게 되었다. 자신이 비추어지는 스크린을 바라보며 멍하니 있을 때.

이여름이 그의 손을 쥐며 말했다.

"감독님! 축하드려요!"

강찬의 고개가 이여름에게 돌아갔을 때, 그녀가 강찬의 손을 마구 흔들며 말했다.

"우리 대상이래요! 대상!"

"진짜?"

"그럼요! 저기 봐요! 스크린에 우리 나오고 있잖아요!"

'……진짜다.'

꿈이 아니다.

지난 1년, 과거로 돌아온 뒤 달려오던 시간의 보상을 드디어 받게 된 것이다. 강찬은 먹먹해지는 가슴을 참아내며 자리에서 일어선 뒤 손을 흔들었다.

그리곤 무대를 향해 걸음을 옮기기 시작했고 그 모습을 본 마이클 홀랜드는 씩 미소를 지으며 강찬의 영화에 대해 설명했다.

"본 작품 '악당'은 이번 선댄스 영화제에서 가장 뜨거웠던 작품입니다. 영화 외적으로 누구도 생각하지 못했던 홍보 방법으로 사람들의 이목을 끌었으며, 영화 내적으로는 틀을 부수는 연출과 볼륨 있는 스토리. 무엇보다 독립 영화의 껍질만 쓰고 있는 듯 보이지만 그 어떤 영화보다 독립 영화에 가까운 영화였습니다."

그가 말을 멈춘 사이 스크린에서는 강찬의 영화 '악당'의 하이라이트가 재생되기 시작했다.

"신인 감독답지 않은 노련한 연출과 편집, 그리고 음악의 사용은 영화의 기본이라 할 수 있는 시각과 음향을 모두 만족시켜 주어 처음부터 끝까지 지루하지 않게 만들어주었습니다. 강찬 감독의 나이가 19살이라는 것을 생각하면 놀라울 따름입니다."

"이번 선댄스 영화제에서 그의 영화가 상영된 횟수는 총 9번입니다. 그리고 그중 5번이 만석이 되었으며 재관람률이 14%를 넘었습니다. 여기 계신 분들 모두가 아시겠지만, 선댄스를 찾아오는 사람들의 눈을 만족시키는 것은 여간 어려운 일이 아니죠. 하지만 강찬 감독은 그걸 해낸 겁니다. 19살의 나이에 말이죠."

"그럼 소개합니다. 19살의 나이에 선댄스 영화제에서 대상을 받게 된 천재 감독, 미스터 강입니다."

강찬이 무대에 오름과 동시에 소개가 끝났다. 마이클 홀랜드가 단상에서 내려오며 강찬과 마주쳤다.

"축하드립니다."

"감사합니다."

"그럼."

단상에 오른 강찬은 관객석을 바라보았다.

대충 보아도 수백에 달하는 이들이 자신의 수상소감을 듣기 위해 모여 있었다. 저 사람들 모두가 자신의 얼굴을 바라보며 무슨 말을 할지 기대를 하고 있는 것이다.

강찬은 속에서부터 끓어오르는 열기에 눈을 꾹 감았다가 뜨며 후, 하는 숨을 내뱉었다.

"감사합니다."

한 마디를 뱉었을 뿐인데 눈앞이 뿌옇게 변했다. 강찬은 고개를 들어 조명을 보며 눈물을 삼킨 뒤 말을 하려 했지만, 목이 메 제대로 목소리가 나오지 않았다.

그런 강찬의 모습을 본 마이클 홀랜드는 물을 하나 건네받은 뒤 단상으로 올라와 강찬에게 건넸다.

건네받은 강찬은 고개를 꾸벅여 감사를 표한 뒤 물을 들이켰다.

그런데도 눈시울은 뜨거웠고 가슴은 먹먹했다.

'미치겠네.'

그러는데 와중에 입꼬리는 자꾸 올라갔다. 강찬은 굳이 자신의 감정을 숨기려 하지 않은 채 마이크를 쥐었다.

"너무 감사해 눈물이 다 나네요. 제 상태가 이래서 길게 말하지는 못할 것 같습니다. 다시 한번 제 영화 제작에 도움을 주신 모든 분께 감사를 드리고, 관람해 주신 모든 분께 감사를 드립니다. 그리고 마지막으로."

울먹이는 듯 들렸던 그의 목소리는 갈수록 진정되었다. 그리고 그가 '마지막으로'라 말할 때쯤에는 어느 정도 진정이 되었다.

"제 영화 '악당'은 끝이 아닌 시작입니다. 앞으로 더 좋은, 그리고 많은 작품으로 찾아뵙겠습니다. 감사합니다."

말을 마친 강찬은 마이크에서 한 걸음 물러서 고개를 숙여 인사했고 그의 인사에 환호와 박수가 쏟아졌다.

전과는 다를 것이다.

이용을 당하는 일도, 누군가에게 휘둘리는 일도 없을 것이다. 그것을 증명해 보이기 위한 1년이었고 강찬은 보란 듯이 일구어냈다.

'해냈어.'

방금 한 말처럼 이제 시작이다.

선댄스라는 큰 산을 넘었다지만 한국 개봉이라는 산이 남아 있었으며 100억 관객이라는 거대한 산이 남아 있었다.

'할 수 있다.'

선댄스를 정복하듯 하나하나 오르다 보면 언젠가는 100억 관객도 해낼 수 있을 터. 마음을 다잡은 강찬이 단상을 내려오자 마이클 홀랜드가 그에게 손을 건네며 말했다.

"멋졌습니다. 끝이 아닌 시작. 다음에 기회가 된다면, 그 시작 함께해 보고 싶네요. 연락주십쇼."

그는 명함 하나를 꺼내 강찬의 주머니에 넣은 뒤 다시 단상으로 올라갔고 이내 시상식의 끝을 알리고 있었다.

감정을 진정시키며 자리로 돌아가는 길, 관객석에 앉은 이들이 강찬에게 손을 뻗으며 축하한다는 말, 그리고 기대한다는 말과 팬이라는 말 등, 다들 한 마디씩 던지며 그를 반겨주었다.

강찬은 겨우 진정시킨 감정이 다시 복받치는 것을 느끼며 걸음을 재촉했고 이내 다시 이여름의 옆에 앉았을 때. 그녀가 말했다.

"감독님도 우네요. 저는 감독님은 눈물 같은 거 안 흘릴 줄 알았어요."

이여름의 말에 헛웃음을 흘린 강찬이 소매로 눈가를 비비며 말했다.

"나도 사람이야."

"그럼요."

이여름은 씩 웃더니 손수건을 건넸고 강찬은 그녀의 손수건을 받아 눈물을 닦았다.

"다시 한번 축하드려요."

"고마워. 여름이 네 덕이 컸다."

"다 감독님 덕이죠."

두 사람이 덕담을 나누고 있을 때, 마이클 홀랜드가 선댄스 영화제의 폐막을 알렸고, 그렇게 시상식이 막을 내렸다.

◀ 2장 ▶

개봉박두

1월 30일 오후 2시. 인천국제공항 입국장.

“사람들 나온다.”

“저 사람 아닌가?”

“맞네. 맞아.”

입국장에는 얼추 보아도 2~30명은 되어 보이는 기자들이 모여 카메라를 든 채 모여 있었으며 강찬 일행이 입국장에 들어선 순간 카메라 플래시 세례가 쏟아졌다.

“축하드립니다!”

“강찬 씨, 여기 한 번 봐주세요.”

한국으로 돌아가면 어느 정도 인기를 끌 것이라 생각하긴 했지만, 이 정도일 거라곤 생각하지 못한 강찬의 입이 벌어졌다.

순간 당황한 강찬이 멍하니 기자들을 보고 있을 때, 기자들 사이로 나타난 백중혁이 강찬을 향해 환하게 웃으며 말했다.

"축하하네!"

그제야 정신을 차린 강찬은 표정 관리에 들어가며 주변 사람을 챙겼다. 그러자 이여름과 안민영, 그리고 서대호 또한 헛기침하며 얼굴을 가리거나 손을 흔들었다.

"피곤하지 않나?"

"비행기에서 잘 자서 괜찮았습니다. 그건 그렇고 여긴 어쩐 일이세요?"

"우리 회사의 감독이 스무 살의 나이로! 그것도 대한민국 최초로 선댄스에서 심사위원 대상을 받았는데 내가 어떻게 가만히 있을 수 있겠나."

가만히 있지 않았다.

즉, 백중혁이 움직이며 기자들 또한 몰고 왔다는 뜻이 된다.

'이 양반이…….'

일을 크게 벌여주면 벌여줄수록 좋다. 하지만 언질이라도 해주면 더 좋을 것을. 나름의 서프라이즈 선물이라 생각한 모양이었다.

"감사합니다."

"감사는 내가 해야지, 내가 보는 눈만 없었으면 큰절을 했을 거야. 내게 와줘서 고맙다고 말일세."

백중혁은 껄껄 웃더니 강찬의 어깨를 감쌌다. 그러자 플래시가 다시 한번 터져 나왔고 백중혁과 강찬은 마주 미소를 지은 채 기자들의 포토 타임에 응했다.

"15분만 인터뷰하고 가세나."

"그러죠."

15분이라는 시간에 강찬은 자신의 추론을 확신할 수 있었다. 이 기자들, 백중혁이 부른 것이 분명했다.

"심사위원단의 극찬을 받으며 압도적인 스코어로 심사위원 대상을 수상했다는 것이 정말인가요?"

"……앞에 두 가지는 잘 모르겠지만, 대상은 수상했습니다."

"9번의 상영 중 5번을 만석으로 채웠다는 건 사실인가요?"

"예. 그렇습니다."

"외신의 의하면 이여름 양이 라이커넥트 뮤직의 러브콜을 받았다는데 사실인가요?"

"맞습니다."

"그럼 이여름 양은 라이커넥트 뮤직으로 가게 되는 건가요?"

"이여름 양의 결정에 따를 생각입니다."

인터뷰라기보다는 기자회견 같았다. 무언가 날카로운 질문보다는 사실 확인이 많았으며 가장 어이없는 질문은 트로피를 보여 달라는 것이었다.

분명 백중혁이 말하기는 15분이었으나 인터뷰는 30분이 넘게 이어졌다. 2~30명의 기자가 질문을 하나씩만 해도 2~30개의 질문, 거기에 강찬이 대답하는 시간까지 더해지자 시간이 길어진 것이다.

인터뷰가 끝나고 공항 밖으로 나오자 백중혁이 미리 준비해 둔 네 대의 차가 강찬 일행을 반겼다.

"자네들, 다 집으로 가지?"

"예."

"기사한테 주소를 말하면 집까지 갈 걸세. 영화제 다녀오느라 수고했고 그럼 다음에 또 보세나."

뜻밖의 호의에 감사를 표한 강찬 일행이 차에 올랐고 마지막으로 강찬이 차에 오르려 할 때, 백중혁이 말했다.

"강 감독은 나랑 함께 가세나."

"예?"

"안 피곤하다면서?"

"……지금은 좀 피곤합니다만."

"좋은 소식이 있는데…… 뭐 나중에 들어도 상관은 없겠지."

"무슨 소식입니까?"

백중혁은 어깨를 으쓱이더니 차에 올라 버렸다. 생각해 보니 준비된 차는 4대. 애초에 백중혁은 강찬을 데리고 갈 생각이었던 것이다.

'뭐 피곤하지도 않고.'

잠을 잘 잔 덕에 몸은 개운했다. 인터뷰 탓에 좀 지치긴 했지만. 그보다 백중혁이 말한 '좋은 소식'이 궁금했다.

강찬이 고민하는 사이 차 옆에 서 있던 운전기사가 다가와 물었다.

"캐리어 실어드릴까요?"

"……제가 싣겠습니다."

자기 손으로 차 트렁크에 캐리어를 실은 강찬이 차에 올랐고, 그런 강찬을 본 백중혁이 말했다.

"그럼 가세나."

백중혁과 함께 영일 미디어아츠 본사, 그의 집무실로 향한 강찬은 소파에 앉았다. 그러자 백중혁이 위스키 두 잔을 따르며 물어왔다.

"기쁜 소식과 더 기쁜 소식이 있네. 어떤 것부터 듣겠나?"

"전자부터 듣겠습니다."

"자네는 맛있는 걸 나중에 먹는가 보구먼그래. '악당'의 개봉일이 확정되었네."

이게 그냥 기쁜 소식이라고? 강찬은 입가에 번지는 미소를 감추지 못한 채 물었다.

"그것만으로도 충분히 기쁜데 더 기쁜 소식은 뭡니까?"

"그 배급권을 내가 가지고 있다는 거지."

백중혁이 으하하, 하고 호탕하게 웃자 강찬은 어이가 없다는 듯 헛웃음을 흘렸다. 테이블까지 두들겨 가며 웃던 백중혁이 말을 이었다.

"자네는 놀리는 맛이 있구먼. 표정이 아주 다양해."

"농담이셨습니까?"

"진담이라 생각했나? 내가 그렇게까지 실없는 사람은 아닐세."

그는 아직 여운이 남은 미소를 머금은 채 파일 하나를 내밀었다.

"계약서일세."

어떤 계약서일까.

강찬은 크리스마스 선물을 받은 아이처럼 미소를 지으며 파일을 열었다.

"2006년, 한국의 극장 수는 총 321개, 그리고 스크린의 수는 1,880개라네. 개중 102개 영화관에 자네 영화가 걸릴 걸세."

백중혁의 말은 강찬이 들고 있는 계약서에 관한 내용을 한 줄로 정리한 것이었다.

한국에 있는 수많은 영화 배급사 중 이름이 있는 회사는 총 세 군데.

CZ 엔터테인먼트와 로트 엔터테인먼트, 그리고 매직박스다.

대기업의 자본으로 태어난 세 개의 배급사가 한국에서 제작되는 모든 영화의 배급을 맡는다고 보아도 된다.

그 정도로 고인 시장이기에 진입 장벽이 높은 것은 당연지사.

그렇기에 강찬의 영화 '악당'이 아무리 유명세를 떨치고 있다 하더라도 50개 이상의 영화관에 걸릴 것이라고는 생각하지 못했다.

"102개…… 말씀이십니까?"

"그렇다네. 스크린의 개수는 400개가 넘어."

믿기지 않는 사실에 강찬은 계약서를 정독하며 물었다.

"그게 어떻게 가능합니까?"

아무리 살아 있는 전설이라 불리는 백중혁이라도 그가 배급사를 하겠다 발표한 뒤 영화를 들고나오는 순간, 대형 배급사들과 척을 지는 전쟁을 선포한 것과 다름없다.

하지만 100개가 넘는 영화관을 확보했다는 것은 대형 배급사들의 양해를 구했다는 뜻이다. 그렇다면 어떻게 한 것일까.

강찬의 질문에 백중혁은 씩 웃으며 답했다.

"간단히 말하자면 윈-윈 게임일세. 그들의 입장에서 자네의 영화를 거는 것은 아무런 리스크가 없지. 하지만 자네의 영화를 거는 것으로 얻을 수 있는 것은 많네."

가장 큰 것은 돈.

하지만 대형 회사에게 중요한 것은 돈뿐만이 아니다. 그들이 가장 중요하게 생각하는 것은 밥그릇의 크기다.

안 그래도 나눠 먹어야 하는 밥그릇의 지분을 다른 이와 더 나누고 싶진 않을 텐데.

'뭔가 있구나.'

백중혁이 가진 카드.

그가 자신 있게 배급사를 차린 이유.

강찬이 모르는 단 하나가 그사이의 연결고리가 되어 기름칠을 하고 있는 것이다.

'뭘까?'

계약서를 보며 골똘히 생각에 잠겼던 강찬은 이내 고개를 저었다. 굳이 자신이 알아야 할 필요는 없다.

아니, 정확히는 '지금' 알아야 할 필요는 없다. 현재의 강찬은 영화를 찍고 만들어 그것으로 돈을 벌어 새로운 영화를 만드는 것이 목표다.

언젠가 배급사를 차리고 엔터테인먼트 회사를 만들지도 모르지만, 그게 지금은 아니었다. 훗날 강찬이 그 세계로 진출하기 전까지만 알면 되는 것.

"뭐, 알겠습니다."

강찬이 골몰히 생각하고 있는 것을 바라보던 백중혁은 잇몸이 드러날 정도의 미소를 지으며 말했다.

"개봉일은 4월 5일일세."

"이르네요."

"문제 될 것 있나?"

"딱 좋습니다. 어차피 다 만들어진 영화이니 빠르게 개봉할수록 좋으니까요."

강찬의 생각보다 이르다는 것이었다. 아무리 다 만들어진 영화이며 상을 받아온 영화라지만 한국에서 심의도 받아야 하며 이것저것 논의할 게 많았다.

물론 강찬이 아닌 배급사끼리.

백중혁은 그 과정을 강찬이 선댄스 영화제에 가 있던 열흘 동안 처리해 버린 것이다. 전부 다 끝난 건 아닐 테지만 어느 정도 줄기는 잡혔을 터.

"그야 그렇지. 자, 그럼 이 이야기는 여기까지. 신작은 언제 시작할 생각인가? 아, 자네를 압박할 생각은 없네. 그냥 강찬 감독의 팬으로서 묻는 것이네."

"장르랑 시나리오는 잡아둔 상태인데 아직 확실한 무언가가 없어 고민 중입니다."

"오? 그런가? 어떤 장르인가? 이야기는?"

백중혁은 정말 좋아하는 감독을 만난 팬처럼 흥분된 목소리로 물어왔고 강찬은 이야기를 시작했다.

홀로 생각을 하는 것보다 다른 이들과 대화를 하며 이야기를 쌓아가는 것이 시나리오를 쓸 때 큰 도움이 되는 걸 알고 있기 때문이었다.

백중혁과 이야기를 나눈 강찬은 집으로 돌아왔다.

한나절이 차이 나는 미국에서 돌아왔음에도 시차가 느껴지기는커녕 피곤하지도 않았다.

"이것도 발아의 힘인가."

비행기 안에서 푹 잔 덕인지 정신이 맑았다. 게다가 자신의 영화가 100개가 넘는 극장에 걸릴 것을 알게 된 후, 홍분이 가시지 않고 있었다.

강찬은 시나리오를 쓰기 위해 펜을 쥐었다가 이내 펜을 놓았다. 집중이 되지 않았다.

시계를 보니 오후 5시. 겨울 방학 보강을 나가셨던 어머니가 돌아올 시간이었다. 강찬은 어머니에게 전화를 걸어 외식 약속을 잡은 뒤 나갈 준비를 시작했다.

박한길과 자주 찾았던 고급 한식당에 강찬과 그의 어머니, 한연숙 여사가 함께 들어섰다.

"이런 데 비싸지 않니?"

"괜찮아. 나 돈 많이 벌었어."

아직은 아니지만. 굳이 말할 필요는 없었다.

한연숙은 걱정이 되는 듯 인테리어를 둘러보다가 강찬의 얼굴에 서린 자신감을 보고선 이내 미소를 지었다.

"아들이 그렇다면 맛있게 먹어야지."

따로 마련된 방에 앉자 종업원이 들어왔다. 그러자 강찬은 박한길과 먹었던 메뉴 중 맛있었던 걸 주문했고 그런 그의 모습에 한연숙은 자랑스럽다는 듯 말했다.

"아들 다 컸네."

대답 대신 미소를 흘린 강찬은 어머니께 물었다.

"술 한잔하실래요?"

"그래. 이런 데서 파는 소주는 뭐가 다른가?"

"고급 소주도 있더라고. 그럼 그걸로 마시자."

곧 술까지 주문한 강찬은 미국에서 있었던 일에 대해 이야기보따리를 풀었다. 그 도중 음식이 나오기 시작했을 때.

음식을 서빙하던 종업원 한 명이 강찬의 얼굴을 빤히 바라보다가 물었다.

"혹시…… 강찬 배우님 아니세요?"

종업원의 물음에 반응한 것은 강찬이 아닌 한연숙이었다. 그녀는 씹고 있던 고기가 보이는 것조차 신경 쓰지 않은 채 종업원을 바라보며 입을 떡 벌렸다.

"제 아들을 어떻게 아세요?"

"아, 맞구나. '달이 내린 하늘'에서 봤거든요. 연기하실 때랑 이미지가 엄청 달라서 긴가민가했는데. 팬이에요!"

종업원은 들고 있던 쟁반을 꽉 껴안더니 이내 핸드폰을 꺼내며 말했다.

"실례가 안 된다면 사진 한 장만 같이 찍어도 될까요."

"그럼요."

함께 사진을 찍은 종업원이 신난 걸음으로 돌아가자 한연숙이 물어왔다.

"아들, 인기스타야?"

"엄마는…… 인기스타가 뭐야. 그 정도는 아니야. 배우로 찍은 드라마는 하나밖에 없어."

"근데 알아봐?"

"아무래도 지상파니까."

지상파 황금 시간대에 방송된 드라마, 거기에 시청률이 12%를 찍었었으니 드라마를 보는 인구 중 10%는 강찬을 안다고 보아도 틀린 말은 아니었다.

"벌써 놀라면 안 될 텐데. 이제 곧 '악당' 개봉하면 엄마도 학교에서 난리 날걸?"

아들이 TV에 나오고, 영화에도 나온다는 사실은 알았지만, 식당에서 누군가 알아볼 거라고는 생각하지 못한 모양이었다.

한연숙은 어머어머, 하곤 놀란 눈으로 강찬을 바라보다가 이내 식사를 계속했다.

그렇게 식사가 끝나갈 때쯤, 아까 사진을 찍어간 종업원이 후식을 가져오며 물었다.

"제 동생도 강찬 배우 팬인데…… 조금 있다가 가실 때 사인 하나만 해주실 수 있으실까요?"

조심스러운 물음에 강찬은 흔쾌히 수락했고 종업원은 기뻐하며 돌아갔다. 그 모습을 본 한연숙은 또다시 충격에 빠졌다가 이내 고개를 끄덕이며 인정했다.

"아들 인기스타 맞네."

어머니와의 기분 좋은 식사를 마치고 돌아온 강찬이 이불을 깔고 누웠다.

'좋구나.'

세계 유수의 영화제 중 하나인 선댄스 영화제에서 심사위원 대상을 받았다. 그리고 곧 대상을 받은 영화 '악당'이 한국에서 개봉하게 된다.

강찬 자신이 마약을 하거나 음주운전으로 누군가를 치지 않는 이상에야 앞으로는 탄탄대로가 펼쳐질 터.

'인섭이 형도 한 번 봐야겠는데.'

아직 2~3년 정도의 시간이 남긴 했지만, 그가 엇나갈 전조를 보이기 전에 바로 잡아야 하는 게 중요하다.

그리고 새로운 영화 준비 또한 해야 한다.

'시대극.'

차기작으로는 시대극을 생각하고 있었다.

목표는 천만 관객.

쉽진 않을 것이다. 하지만 해야만 한다. 한국에서만 영화를 찍어서는 100억이라는 관객을 달성할 수 없다.

'인구수가 5천만이니까…….'

전 국민이 강찬의 영화를 200번씩 봐야 가능한 수치, 한국 내에서는 불가능한 수치니 해외로 진출해야 한다. 그러기 위해 필요한 것이 한국에서의 천만 관객이다.

'그리고 차차기작으로 해외 진출하고…….'

할 일이 많다.

그래서 즐거웠다. 머릿속에 있는 수천수만 개의 시나리오가 자신을 영화로 만들어 달라 아우성을 지르고 있었다.

'아, 욕망.'

이번 영화제에서 꽤 많은 관객이 그의 영화를 보았다. 이제까지 한 자릿수이던 욕망이 꽤 많이 늘었을 터.

[10,000,000,000명이 돈(욕망)을 지불하고 당신의 영화를 보

게 만드세요.]

[관객의 수는 누적됩니다.]

[실패한다면 당신이 얻은 모든 기회가 박탈될 것입니다.]

[현재 욕망을 지불한 사람의 수: 537명]

[남은 기한: 20년 11개월 11일]

'……20년?'

537명이라는 숫자에 기뻐하던 것도 잠시, 벌써 20년밖에 남지 않은 기한에 더 눈길이 가는 것은 어쩔 수 없었다.

갑자기 말라버린 입안을 물 한 잔으로 축인 강찬은 꾹 눈을 감으며 생각을 전환했다.

'537명이다. 착실히 늘고 있어.'

이만큼 늘었다면 '그녀'가 나타나 무슨 보상을 줄 수도 있지 않을까. 하는 기대도 들었다. 그러자 솟아난 기대가 불안감을 내리눌렀고 점점 마음이 편해졌다.

'할 수 있어.'

내일에 대해 생각하던 강찬은 점점 눈꺼풀이 무거워지는 것을 느꼈다. 강찬의 눈이 서서히 감겨갈 때.

띠리리리! 띠리리리!

그의 핸드폰이 울렸다.

딱 잠이 든 순간에 울린 핸드폰. 사람이라면 짜증이 날 수밖에 없는 상황인지라 강찬의 미간 또한 사정없이 찌푸려졌다.

"아."

짧은 탄식을 뱉은 강찬이 발신인을 확인했다. 하지만 모르는 번호. 정말 중요한 일이라면 회사로 전화를 할 터, 강찬은 통화 종료 버튼을 눌렀다.

-끊게요?

"……어?"

강찬은 자신이 실수로 통화 버튼을 눌렀나 하고 생각했지만 그럴 리 없다. 상대가 끊을 것이냐 물었으니까.

순식간에 잠이 달아난 강찬은 벌떡 일어섰고 그 순간.

눈앞이 핑, 돌았고 강찬이 눈을 깜빡였을 때. 강찬은 방금까지 자신이 누워 있던 방이 아닌 다른 공간임을 깨달았다.

'……포장마차?'

주황색 비닐과 파란 테이블. 짙은 해산물 향기와 익숙한 얼굴의 주인아주머니까지. 돌아오기 전, 공장에서 일할 때 강찬이 자주 찾던 그 포장마차였다.

강찬이 헛웃음을 흘리며 옆을 돌아보고 있을 때, 그의 뒤에서 목소리가 들려왔다.

"잘 지냈어요?"

목소리에 강찬이 뒤를 돌아보자 '그녀'가 보였다.

강찬을 돌아오게 해주고 능력을 준, 그리고 백억 명이라는 목표를 준 그녀가.

강찬은 얼굴을 슥 문지르며 정신을 차렸다.

"예. 오랜만에 뵙습니다."

그녀는 여전히 같은 얼굴과 같은 복장으로 강찬을 바라보고 있었다. 잊을만하면 나타나는 게 매일 강찬을 감시하는 게 아닐까 하는 생각이 들었을 때, 그녀가 강찬을 바라보며 미소를 지었다.

"……진짭니까?"

"비슷해요."

묘한 소름을 느낀 강찬이 팔뚝을 문지르며 그녀의 앞에 앉았다. 파란 테이블에 때가 탄 플라스틱 의자.

익숙하다 못해 고향에 돌아온 향수에 젖어 있을 때, 주인아주머니가 소주 한 병과 어묵탕을 내오셨다.

"오늘은 술 한 잔입니까?"

"축하의 뜻으로."

강찬이 소주를 받아 뚜껑을 열자 그녀가 잔을 내밀었다. 어색한 분위기 속에 그녀의 잔을 채우자 그녀가 강찬의 잔을 채워주며 말했다.

"축하해요."

"감사합니다."

강찬과 그녀가 건배하고 소주를 들이켰다. 자다 깨서 술이라니. 어이가 없는 상황에 헛웃음이 터졌지만, 목을 타고 넘어가는 소주의 향에 크, 하는 소리가 절로 나왔다.

한 잔으로 목을 축이자 정신이 맑아졌고 그제야 의문이 들었다.

'왜 부른 걸까.'

단순한 축하는 아닐 터, 지금까지 그녀가 강찬을 불렀을 때는 어떠한 보상이 있었다. 무언가를 알려주거나 힌트를 준다거나 하는.

기대로 가득 찬 강찬의 시선에 그녀가 답했다.

"욕심이 크네요."

"100억을 채워야 하지 않겠습니까?"

그녀가 마음에 든다는 듯 미소를 짓더니 이내 고개를 끄덕이며 말했다.

"두 가지 길이 있어요. 하나는 자신, 하나는 남이죠."

"하나의 길을 가면 다른 길을 갈 순 없나요?"

"……있어요."

대답 전 조금의 공백이 있었다. 왜일까? 하는 생각에 그녀의 표정을 살폈지만, 이유를 알 순 없었다.

"하지만 조금 늦겠죠. 쉽게 말해 경험치라는 게 필요하니까요."

경험치라는 말은 단박에 이해할 수 있었다.

강찬의 능력이 발아하기 위해서는 일정 수준의 지식 혹은 경험이 필요하다. 그것들이 쌓여야만 발아를 하고 다음 단계의 능력을 얻을 수 있다.

다른 이를 발아시키는 것 또한 마찬가지.

결국, 두 가지 길을 모두 가기 위해서는 더 많은 경험치가 필요하다는 것인데.

'같이하면 되는 거 아닌가?'

그녀의 말이 대충 예상은 되었다.

남이라는 것은 남을 발아시키는 것일 테고, 자신은 말 그대로 강찬 자신에게 이득이 되는 것일 터.

간단히 생각해 이여름과 함께 연기한다면? 강찬과 이여름의 경험치를 동시에 올릴 수 있을 것이었다.

강찬은 자신의 생각이 맞냐는 얼굴로 그녀를 바라보았고, 그녀는 미소를 지었다. 지금까지의 경험으로 보아 저 미소는 긍정의 의미.

'그렇다면 왜 공백이 있었을까.'

생각해 보니 쉽게 답이 나왔다.

그녀는 강찬에게 능력을 주거나 정보를 제공할 때 한정적으로만 주었다. 무언가 제약이라도 있는 것처럼.

그렇기에 둘 중 하나라고 말한 것인데 강찬이 두 가지를 모두 가질 방법을 생각해 냈다면?

'맞나?'

공들여 푼 수학 문제를 채점하는 기분, 그녀의 얼굴을 바라보자 그녀가 다시 한번 미소를 지었다.

'정답이구나.'

결국, 두 가지 모두 한 번에 할 수 있다는 뜻.

"하나는 알려줄 수 있어요."

"뭐죠?"

"선택하세요."

남과 나, 둘 중 선택을 하라는 것일 터. 강찬은 별다른 고민 없이 말해다.

"남을 선택하죠."

영화를 제작하는 데 있어 강찬의 능력도 중요하지만, 강찬은 한 명이다. 하지만 영화 제작에 투입되는 이들의 수는 수백.

그들의 능력을 강찬의 정도로 끌어올릴 수만 있어도 백억이라는 욕망을 얻는 데 한 걸음 가까워질 수 있을 것이었다.

"좋은 선택이에요."

말을 마친 그녀가 강찬에게 손을 내밀었다. 강찬이 그녀의 손을 쥐자 차갑지만 청량한 느낌의 기운이 강찬의 머릿속으로 파고들었다.

마치 혈관을 타고 차가운 피가 흐르는 느낌. 생경한 감각에 놀라고 있을 때, 그녀가 손을 놓았다.

생소하지만 기분이 좋았기에 아쉽다는 느낌이 들었다.

“그럼.”

“예?”

강찬에게 무언가를 건넨 그녀는 설명도, 대답도 없이 자리에서 일어섰다. 그러자 강찬의 눈앞이 핑, 하고 돌았고 곧 세상이 반전되기 시작했다.

“……음?”

눈을 뜨니 자신의 방, 그것도 아침이었다.

시계를 확인해 보니 거의 8시간 이상을 잔 상황. 강찬은 굳은 몸을 풀기 위해 기지개를 켠 뒤 핸드폰을 확인해 보았다.

이여름에게 문자가 와 있었다.

-감독님, 오늘 시간 괜찮으신가요?

아마 라이커넥트 뮤직에 대한 이야기일 터. 생각보다 빨리 결정을 내린 모양이었다.

강찬은 그녀에게 전화를 걸어 약속장소와 시간을 정한 뒤 어젯밤 있었던 일에 대해 생각에 잠겼다.

“뭐였지?”

알려준다 해놓고 알려주지 않고 갔다.

그녀가 강찬에게 거짓말을 할 리는 없으니 무언가 알려주었을 텐데. 혼자 끙끙 앓으며 고민해 보았지만, 답이 나올 리가 없었다.

그러다 약속 시각이 다가왔고 강찬은 별수 없이 나갈 준비를 시작했다.

약속장소인 시내의 카페로 나가자 이여름과 그녀의 어머니가 나와 있었다.

그리고 그녀의 주변에는 꽤 많은 인파가 모여 있었는데, 대부분이 핸드폰을 들고 사진을 찍거나 사인을 부탁하고 있었다.

이여름은 선댄스 영화제에서 진행했던 거리 공연과 오픈 패널 토크가 인터넷에서 화제가 되기 시작하며 강찬보다 더욱 빠르게 인기몰이를 하고 있었다.

마치 자신의 딸이 잘되어가는 것을 보는 듯한 기분에 흐뭇한 미소를 짓고 있을 때, 사인을 하고 있던 이여름이 강찬을 발견하고선 손을 흔들었다.

"감독님!"

순간 카페의 모든 시선이 강찬에게로 집중되었고 그는 '옷 좀 더 신경 써서 입고 나올 걸…….' 하는 후회와 함께 미소를 지었다.

"감독?"

"그 영화감독 아니야? 강찬인가 하는 사람?"

"맞네. '달이 내린 하늘'에 나왔던 배우잖아."

강찬을 알아본 이는 소수였지만 군중심리라는 게 무서웠다. 일단 옆 사람이 사진을 찍고 사인을 받으니 강찬이 누구인지 잘 모르는 데도 다가와 팬이라며 사인을 받아갔다.

팬들과 인사를 나눈 강찬과 이여름은 거의 30분가량이 지나고 나서야 숨을 돌릴 수 있었다.

"여름이 인기가 엄청나네."

"감독님 덕이에요."

그녀가 헤헤 웃으며 고개를 꾸벅 숙였다. 머쓱해진 강찬이 고개를 돌리다 그녀의 어머니와 눈을 마주쳤고 그녀의 어머니 또한 강찬에게 감사하다며 고개를 숙였다.

"……그건 그렇고 결정 내린 거야?"

"네."

미소를 지은 채 웃고 있던 이여름은 손가락을 꼼지락거리다가 결심을 한 듯 두 손을 자신의 무릎 위에 올렸다. 그리곤 강찬과 눈을 맞추며 말을 이었다.

"엄마랑도 많이 얘기해 봤고 안민영 PD님이랑도 얘기해 봤어요. 그런데 다들 제가 하고 싶은 대로 하라고 하셨어요. 그래서 제가 혼자 많이 생각해 봤는데요."

"응."

"저는 감독님의 작품이 좋아요. 광고도 좋았고, 영화 '악당'도 좋았어요. 만약에 '우리들'에도 출연할 수 있었다면 출연시켜 달라고 졸랐을 정도로 좋았어요. 앞으로 감독님이 찍는 모든 영화에 출연하고 싶을 정도로 좋아요. 하지만 당연히 모든 영화에 출연할 순 없겠죠?"

당연한 말이다. 영화마다 이야기가 다르고 시대가 다르다. 강찬이 이여름을 염두에 두고 시나리오를 쓰지 않는 이상 그녀가 매번 등장할 순 없다.

물론 염두에 두고 쓴다 하더라도 그녀를 매번 주역으로 등장시킬 순 없는 노릇. 강찬이 고개를 끄덕이자 이여름 또한 고개를 끄덕이며 말을 이었다.

"그래도 전 감독님하고 영화 찍고 싶어요. 그래도 될까요?"

"그럼."

강찬의 대답에 이여름이 환하게 웃었다. 그녀의 미소를 본 강찬의 머리가 빠르게 돌기 시작했다.

'슬슬 움직여야겠네.'

이여름은 소속사, 즉 엔터테인먼트나 에이전시에 소속되어 있지 않다. 그렇기에 어머니가 매니저를 대신하고 있었고 스케줄을 받는 것 또한 그녀의 어머니가 대신하고 있었다.

이제부터 이여름이 정식으로 영화 세계에 뛰어든다면 그녀에게도 소속사가 필요하다.

강찬의 스케줄 또한 언제까지 안민영에게 맡겨둘 순 없는 노릇.

전문적인 매니저와 그들을 관리해 줄 소속사가 필요했다. 그렇다고 아무런 회사나 들어가 아무 사람의 배나 불려줄 생각은 없었다.

그렇기에 송인섭이 소속된 3S 에이전시의 사장, 한우진을 포섭하려 했던 것이었지만 시간이 부족했다.

'하나 차려야 하나.'

강찬과 이여름 두 사람 그리고 앞으로 강찬이 발굴하는 이들을 데려올 매니지먼트. 구상은 하고 있었지만, 지금이나 인맥이 부족해 1~2년 뒤에나 시작하려 한 사업이었다.

'뭐 둘 정도야 괜찮겠지.'

스타일링이나 메이크업은 영일 쪽에 부탁해도 되니 스케줄을 담당할 매니저 두 명만 구하면 될 터. 강찬은 고개를 끄덕인 뒤 말했다.

"앞으로 잘 부탁해, 여름아."

"저도요, 감독님."

이여름을 만나고 집으로 돌아오는 길, 지하철에 오른 강찬은 여진주와 문자를 하고 있었다.

-저, 곧 2집 나와요!

벌써? 하고 물어보려 생각해 보니 저번 앨범이 나온 게 작년 5월이다. 이제 1월이니 나올 때가 되기도 한 시점.

-축하해. 이번에도 먼저 들려줄 거지?
-그럼요! 근데 만나야 들려주지 ㅠㅠ.

여진주가 아이돌로 자리를 잡기 위해서는 앞으로 1~2년은 더 있어야 한다. 그때까지는 영화에 출연하긴 힘들 터.

언제쯤에나 시간이 될지에 대해 이야기를 나누며 시간을 보내는 사이, 강찬은 갈아탈 환승역에 도착해 지하철을 갈아탔다.

그리고 한 사내의 앞에 서서 다시 핸드폰을 꺼냈을 때.

'……어?'

사내의 머리 위로 씨앗이 보였다.

'뭐지.'

염색한 것인지 갈색 머리를 하고 있는 사내는 핸드폰 게임을 하고 있었다. 즉, 발아하기 위한 어떤 행동도 하고 있지 않은 상황.

강찬은 미간을 찌푸린 채로 사내의 머리를 뚫어지게 노려보았고, 이내 강찬의 시선을 느낀 사내가 강찬을 올려보았다.

눈 사이가 조금 먼 것 같았지만, 눈이 큰 덕에 단점으로 보이진 않았다. 짙은 눈썹과 큰 동공이 시선을 사로잡는 얼굴. 동양인보다는 서양인에 가까웠으며 개성이 있는 얼굴이었다.

강찬은 멍하니 사내의 얼굴을 바라보다 이내 고개를 돌렸다. 하지만 사내는 계속해서 강찬을 바라보고 있었다.

'이건가?'

발아의 씨앗을 가진 사람들을 볼 수 있는 능력인가? 하는 생각이 든 강찬이 지하철 내부에 있는 모든 사람을 훑어보았지만 사내외의 다른 사람들의 머리 위에는 발아의 씨앗이 보이지 않았다.

강찬이 사내에게로 시선을 돌렸을 때, 다시 한번 두 사람의 시선이 허공에서 마주쳤다.

사내의 머리 위에는 여전히 발아의 씨앗이 자리 잡고 있었다. 마치 자신을 봐달라는 듯이. 사내는 결국 귀에 꽂고 있던 이어폰을 빼며 강찬에게 물었다.

"뭐죠?"

오히려 강찬이 묻고 싶었다. 당신은 뭐기에 머리 위에 발아의 씨앗을 틔우고 다니시냐고.

물론 대놓고 물을 순 없는 노릇. 강찬은 그가 어떤 사람인지 파악하기 위해서 어떻게 해야 할지 머리를 굴렸고 이내 되물었다.

"혹시 배우신가요?"

엉겁결에 던진 질문이었지만 사내의 미간이 살짝 굳었다.

"배우는 아닌데요."

배우 '는' 아니다. 그럼 관련 직종이라는 건가?

"그럼 지망생?"

사내는 '이게 뭐지?' 하는 얼굴로 천천히 고개를 저었다. 그러더니 강찬의 얼굴을 찬찬히 뜯어보다가 아, 하고 놀란 얼굴로 말했다.

"혹시 강찬……."

그의 질문 내용을 대충 예상한 강찬은 고개를 끄덕인 뒤, 그의 말을 끊으며 말했다.

"시간 괜찮으시면 대화 좀 나눠보고 싶은데. 어때요?"

"아, 예. 괜찮습니다."

"그럼 내리죠."

강찬은 마침 열린 문을 가리키며 말했고 사내는 멍한 얼굴로 강찬을 바라보다 그의 뒤를 따라 내렸다.

지하철 안에 있는 카페에 들어선 두 사람은 커피를 한 잔씩 손에 들고 자리에 앉았고 곧 강찬이 물었다.

"영화 관련 일을 하시나요?"

"예. 뭐 비슷해요. 극단에서 세트 만드는 일을 합니다. 근데 맞으시죠? 강찬 씨."

강찬이 고개를 끄덕이자 그럴 줄 알았다는 듯 사내가 손뼉을 쳤다.

"혹시 했는데. 맞으시네요. 팬입니다."

"감사합니다."

사내는 강찬과 악수를 하더니 싱글벙글 미소를 지으며 강찬을 바라보았다.

"만원의 행복 재밌게 봤습니다. 거기서 영화 촬영하시는 거 봤는데 엄청 멋있으시던데요."

그가 말을 하는 사이 강찬은 다시 한번 사내의 얼굴을 뜯어보았다. 마스크가 독특해 어디서 한 번 봤다면 기억할 만한 얼굴이다.

그런데도 기억에 없다는 것은 미래에 성공할 배우는 아니라는 뜻. 곧 사내의 칭찬이 끝나자 강찬이 감사하다 말한 뒤 그의 이름을 물었다.

"이름이 어떻게 되세요?"

"기태, 정기태입니다."

역시 들어본 적 없었다. 그렇다면 연기로 유명해질 사람은 아니라는 것이라거나. 연기가 아닌 다른 능력에 대한 발아의 씨앗을 가지고 있을 수도 있다.

"그런데 왜 저를……?"

"아, 제 차기작에 있는 캐릭터 중에 하나가 딱 정기태 씨의 이미지랑 부합해서요."

물론 거짓말이었다. 시나리오는 틀만 잡아둔 상태였기에 캐릭터는 시트도 만들지 않은 상황.

"아, 그렇군요."

강찬이 구하는 것은 배우, 하지만 정기태는 극단에서 세트를 만드는 일을 하는 이였다. 그렇기에 정기태는 시큰둥한 반응을 보였다.

'흠.'

강찬의 머릿속에는 고민이 들어찼다.

'이 사람을 채용해 곁에 두며 발아를 시켜보아야 하나?'

얼마 전 서대호의 머리 위에도 발아의 씨앗이 나타났으니 굳이 이 사람을 붙잡아야 할 필요는 없었다.

하지만 궁금했다.

'이 사람이 가진 발아 능력은 뭘까?'

만약 극단에서 세트를 만드는 능력이 발아한다면, 영화 세트장에서는 어떤 능력을 보여줄 수 있을까?

영화 촬영장에서 소품의 활용은 무궁무진하다. 단 하나의 디테일한 소품이 분위기 전체를 좌우할 때도 있으며 디테일이 살수록 관객들의 몰입이 더해지기도 한다.

일단 더 알아보기로 마음먹은 강찬은 천천히 고개를 끄덕이며 그에게 물었다.

“어떤 세트를 만들고 계신 건가요?”

“이것저것 다 만들고 있습니다. 소도구부터 큰 세트까지. 제가 대학을 안 나온 대신 경력이 좀 되거든요. 지금 하는 연극은 중세시대를 배경으로 한 건데 칼도 만들고 갑옷도 만들고 그럽니다. 보통은 갑옷 같은 건 다 만들어놓은 걸 대여해 오거든요. 그런데…….”

세트에 대해 묻자 그의 입에서 대답이 술술 나왔다. 세트를 만드는 일을 아주 즐거워하는 것처럼 보였다.

게다가 손수 만드는 것을 즐긴다는 그의 손을 보니 굳은살과 상처가 그의 경력을 대신 말해주고 있었다.

‘보고 판단하자.’

그가 직접 만든 소품과 세트들을 보고 난 뒤에 판단해도 늦지 않을 터. 강찬은 그의 말이 끝나자 말했다.

“세트 만드는 일을 좋아하시나 봐요.”

“예. 어릴 때부터 공작 같은 걸 좋아했거든요. 그러다 보니 더 큰 걸 만들고 싶고…….”

참 말이 많은 사내였다.

"혹시 공연 한 번 보러 갈 수 있을까요? 기태 씨 말을 듣다 보니까 직접 만들었다는 소품 한번 보고 싶어지는데."

강찬의 말에 정기태가 오, 하는 표정을 지었다. 요즘 대세라 말해도 한 점 모자람 없는 감독이자 배우가 자신의 작품에 관심을 보인다.

즉, 자신에게도 어떤 기회가 찾아올지도 모른다는 일말의 기대감이 든 것이다.

"예, 그럼요."

정기태는 항상 들고 다니는 것인지 가방에서 공연 팸플릿을 하나와 자신의 명함을 꺼내 강찬에게 건넸다.

강찬도 명함을 건네려 했으나 그는 아직 명함이 없었다. 명함 대신 손을 건넨 강찬은 그와 악수를 한 뒤 다음에 극장으로 찾아가겠다는 말과 함께 그와 헤어졌다.

정기태와 헤어진 강찬은 다시 지하철에 타며 핸드폰을 확인했고 여진주에게 문자가 와 있는 것을 보았다.

-오빠, 나 이번 주 목요일 날 시간 될 거 같은데

-오빠는 그때 어때요?

타이밍 참 좋다. 강찬은 여진주에게 전화를 걸어 연극을 보러 가자 말했고 여진주는 신나는 목소리로 알겠다 답했다.

그 주의 목요일.

강찬은 정기태가 말해준 극장의 앞에 서서 여진주를 기다리고 있었다.

톡톡.

누군가 강찬의 등을 두들겼고 그가 뒤를 돌아보았을 때. 비니와 두꺼운 안경, 목도리로 얼굴을 가리고 롱패딩까지 입은 괴한이 그곳에 서 있었다.

"……진주니?"

"네."

그녀는 목소리를 내는 것조차 부담스러워하고 있었다. '이 상태로는 밖에서는 만나지도 못하겠구나.' 하는 생각이 든 강찬이 극장 안을 가리키며 말했다.

"먼저 들어갈까?"

"네."

여진주가 강찬의 팔에 찰싹 달라붙으며 말했다.

"오빠, 저 미래대 합격했어요."

"진짜?"

"그럼요."

"공부는 언제 했어?"

"오빠는 공부로 들어간 것처럼 얘기하시네."

할 말이 없어진 강찬이 고개를 끄덕이자 여진주가 물어왔다.

"그런데 웬 연극이에요?"

"오랜만에 보고 싶은 게 생겨서."

연극이나 배우보다는 극에 사용되는 소품이 보고 싶은 것이었지만. 어쨌거나 여진주는 오랜만에 외출에 신이 난 모습이었다.

곧 두 사람이 극장에 들어서 자리에 앉았다.

아직 극 시작까지는 10분이 넘게 남은 상황이었기에 들어온 사람은 얼마 없었다. 그렇기에 두 사람은 편하게 대화를 나눌 수 있었다.

여진주가 목도리를 풀어 다리에 올려두는 사이 강찬이 말했다.

"그러고 보니 신인상 탔잖아."

"네."

여진주가 소속된 그룹, VOV는 강찬의 기억대로 3주 연속 1위를 했으며 그해의 신인상까지 탔다.

"그럼 나 소원 하나 생긴 거네?"

"……세상에 그걸 다 기억하고 있었어요?"

"당연하지."

여진주는 샐쭉하니 입술을 내밀었다가 이내 고개를 살짝 들며 말했다.

"뭐, 약속은 약속이니까. 말해보세요."

"소원을?"

"네."

"아직 생각해 둔 거 없는데."

그의 대답에 여진주는 허탈하다는 듯 눈을 흘겼다. 두 사람이 도란도란 이야기를 나누는 사이 관객석이 어느 정도 찼고 곧 연극이 시작되었다.

연극은 중세시대 기사 하면 떠오르는 이. 아서왕의 이야기를 각색한 연극이었다. 나오는 등장인물은 같지만, 치매가 들어버린 대마법사 멀린이라거나, 어딘가 모자란 랜슬롯 등을 등장시켜 원작을 희화화시킨 나름 재미있는 연극이었다.

여진주가 연극을 보며 웃는 사이 강찬의 눈은 소품을 훑었다.

배우들은 가지각색의 갑옷과 옷, 그리고 칼을 들고 있었는데 전부 수작업으로 만든 것인지 크기와 모양이 가지각색이었다.

'쇠는 아니고 나무인가?'

크롬 페인트를 칠한 모양인데 그 솜씨가 좋아 진짜 쇠로 보였다. 배경이 되는 세트 또한 최소한의 입체감으로 최대한의 효과를 뽑아내고 있었다.

만약 이것을 전부 정기태가 혼자 한 것이라면 그는 정말 천재라 불러도 될 것이다.

'아니, 이 정도면 그냥 팀 전체를 데려오는 게 맞겠는데.'

물론 연극과 영화는 다르다.

연극은 한정된 공간에서 다른 공간으로 보이도록 꾸며내야 하지만 영화는 원하는 장소에 직접 가서 촬영하기 때문.

하지만 근본은 같다.

관객들에게 그 장소에 있는 것 같은 사실감을 전달하는 것.

그런 의미에서 정기태 극단의 소품팀은 훌륭했다.

"와, 진짜 재미있었어요."

여진주는 하도 웃어서 아픈 배와 마지막 감동으로 울어 번진 눈화장을 동시에 만지작거리며 말했고 그런 그녀의 귀여운 모습에 강찬이 미소를 지었다.

"저 화장실 좀 다녀올게요."

"응."

여진주가 화장실을 간 사이, 강찬은 두 사람에게 문자를 보냈다.

정기태에게는 연극 잘 봤으며 감명을 받았다는 말과 함께, 같이 일해보고 싶다는 말을, 그리고 안민영 PD에게는 정기태라는 사람의 정보와 이 사람과 함께 일하고 싶다는 문자를 보냈다.

문자를 보내자 안민영에게 전화가 왔고, 강찬은 내일 만나 이야기를 하겠다 말한 뒤 전화를 끊었다.

그사이 돌아온 여진주는 어느새 멀쩡해진 눈으로 강찬의 옆에 섰다.

“울고 웃고 했더니 배고프다. 우리 이제 밥 먹으러 가요?”

“그럼. 뭐 먹을래?”

“음…… 피자?”

“근데 먹어도 돼? 곧 컴백이라며.”

“으음…… 한 조각은 괜찮아요!”

“그래. 그럼 피자 먹으러 가자.”

강찬은 여진주와 식사를 한 뒤 헤어졌다. 이제 그녀도 스무 살. 술이라도 한잔하며 이야기를 나누고 싶은 마음이 있긴 했지만 여진주는 아이돌이었다.

‘뭐 시간이야 많으니까.’

고개를 주억인 강찬은 집으로 향했다.

다음 날.

강찬은 명함 제작소에 들렀다가 안민영을 만나기 위해 영일 미디어아츠 본사로 향했고, 그곳에서 피로에 절어가는 안민영을 만날 수 있었다.

"정기태, 그 사람 팀을 말하는 거야 아니면 그 사람만 말하는 거야?"

"만나는 건 팀부터 해야겠죠?"

"소품 팀이랬지. 어떻게 알게 된 사이인데?"

순간 당황한 강찬은 빠르게 머리를 굴렸다.

"연극 보러 갔었는데 소품이 정말 괜찮더라고요."

"연극이라…… 일단 알았어. 한 번 만나볼게."

"네. 부탁드릴게요."

안민영은 수첩에 이것저것을 적어넣은 뒤 다시 강찬을 불렀다.

"강 감독."

"네."

"토크쇼, 예능, 라디오, 영화 전문 프로그램, 잡지 인터뷰 뭐 등등 해서 출연 섭외 들어온 게 11개가 있어."

"……많네요."

그녀는 고개를 끄덕이더니 종이 뭉치를 내밀며 말했다.

"나가고 싶은 프로그램 있어?"

"아뇨."

단 한 순간의 고민도 없는 대답에 안민영이 의외라는 표정을 지었다.

"갑자기 왜?"

"인지도는 충분하다고 생각하거든요. 개봉 한 달 전까지는 여름이 내보내는 게 어때요?"

"여름이? 흠."

이제 막 12살, 초등학교 5학년이 된 이여름은 전에 없던 캐릭터라는 점에서 강찬과 같다. 게다가 노래도 잘하고 연기도 잘하는 데다 끼도 있으니 강찬보다 방송에 적합한 캐릭터.

"괜찮긴 한데. 여름이랑은 얘기해 봤어?"

"하면 되죠."

이여름이 거부할 이유는 없었다. 영화나 드라마 스케줄이 없는 지금, 이여름은 연기 학원과 노래 학원에 다니며 기본기를 착실히 다지는 중이었다.

"오케이. 그럼 내가 여름이랑 얘기해 볼게. 그건 그렇고, 할 말 있다면서."

"아, 네. 회사 하나 차리려고요."

회사 하나.

참 쉽게 말하는 강찬의 태도에 안민영이 허, 하고 한숨을 내쉬더니 말했다.

"그래. 들어나 보자. 무슨 회사?"

"매니지먼트요. 언제까지 안 PD님이 제 매니저 해주실 순 없잖아요. 이제 차기작 들어가면 훨씬 바빠지실 텐데."

앞의 이야기를 듣긴 한 건지 차기작이라는 단어에 안민영의 눈이 반짝거리기 시작했다. 누가 무어라 해도 안민영은 영화 프로듀서. 본인의 일을 할 때 가장 즐거운 것은 당연했다.

"차기작? 언제?"

"개봉할 때 이벤트 많잖아요. 그거 다 소화하고 나서 바로 시작해야죠. 그 전까지는 배우 픽업도 다니고 투자자도 구하고."

안민영은 기대된다는 듯 눈을 크게 뜨더니 빠르게 고개를 끄덕였다.

"시나리오는 나왔어? 언제 볼 수 있어? 배우는 생각해 뒀고? 로케는? 제작사는 영일이랑 계속할 거지? 투자자는 어떻게 하려고?"

"하나씩 합시다, 하나씩."

"그래. 시나리오는?"

"아직이요. 틀만 잡아 뒀어요."

강찬은 안민영의 질문에 하나씩 대답해 주었고 안민영은 새로운 장난감을 선물 받기 직전의 아이처럼 방방 뛰며 신나 했다.

"그럼 4월 초에 제작 들어가는 거야?"

"그렇죠."

"한 5~6월에 들어가는 게 낫지 않아? 그때는 되어야 투자자들이 돈 들고 찾아올 텐데."

안민영의 말뜻 또한 이해는 되었다.

강찬의 영화 '악당'이 4월 초에 개봉한 뒤 흥행하기 시작하면 그의 가치를 알아본 투자자들이 찾아올 것이라는 소리.

하지만 강찬은 고개를 저었다.

"보기만 해도 군침이 넘어가는 밥상이 차려졌어요. 근데 수저를 든 사람이 다 먹고도 남을 만큼의 양이라면 어떻게 해야 할까요?"

"……뭐?"

뜬금없는 비유에 안민영은 미간을 찌푸린 채 되물었다가 이내 그의 의도를 깨달았다.

"다른 사람한테 나눠줘?"

"제가 힘들여 차린 밥상인데 나눠줄 필요는 없죠. 팔아야죠. 먼저, 더 비싸게 산다는 사람한테."

그제야 완전히 이해한 안민영이 아하하, 웃으며 고개를 끄덕였다.

"굳이 투자자들한테 고개를 숙일 생각이 없다는 거지?"

"그렇죠."

정 안 되면 해외 바이어들에게 눈을 돌려도 된다. 선댄스 영화제 대상은 한국보다는 해외에서 알아주기 때문.

'악당'과 함께 다음 영화의 시나리오를 들고 찾아간다면 한국의 투자자들보다 좋은 조건으로 큰 액수를 받을 수 있을 것이었다.

그럼에도 한국의 자본을 받아들이는 이유는 하나뿐이다.

한국의 배급사들이 숟가락을 얹을 기회를 주어야 하기 때문. 물론 강찬이 더욱 유명해져 그의 영화를 걸지 않는 쪽이 손해를 보는 구조가 된다면 상관없지만.

'지금은 아니니까.'

강찬의 생각을 이해한 뒤, 자신의 생각대로 계획을 세워보던 안민영은 소주라도 한잔한 듯 크, 하는 탄성과 함께 말했다.

"강 감독, 주도권 잡고 휘두르는데 뭐 있단 말이야. 전생에 장수 이런 거였나? 아, 맞다. 나 아는 용한 점집 있는데 한 번 가볼래?"

의식의 흐름대로 흘러가는 대화에 강찬이 고개를 저었다.

"됐습니다. 그럼 시나리오 나오는 대로 연락드릴게요."

"그래. 꼭!"

"네."

강찬은 영화와 드라마, 그리고 소설과 애니메이션 등, 온갖 미디어를 보는데 한 달을 투자했다.

그가 본 대부분의 장르는 시대극.

한국의 사극, 중국의 삼국지, 일본의 센코쿠 시대. 유럽의 중세시대와 미국의 서부개척시대까지.

모든 장르를 통틀어 보며 시나리오를 작성하던 강찬은 헛웃음이 나오는 것을 느꼈다.

2008년, 송강호, 정우성, 이병헌이라는 걸출한 세 배우를 하나로 묶은 김지운 감독의 영화이자 일본 강점기 만주 배경의 서부극을 그린 영화 '좋은 놈, 나쁜 놈, 이상한 놈.'

줄여서 놈놈놈이라 불린 영화가 있다.

"이거 완전 놈놈놈이잖아."

시나리오를 쓰다 보니 놈놈놈과 비슷해지고 있었다. 이미 개봉한 영화라면 유의해서 다르게 만들겠지만. 지금은 2007년, 아직 개봉도 하지 않은 영화를 미리 만드는 짓을 하고 싶지는 않았다.

"흠."

저 시대에 대한 향수가 있을 정도의 나이는 아니다. 80년대생인 강찬이 가질 수 없는 감정이니까.

하지만 동경은 있었다.

저 거친 시대를 겪어온 이들의 감정과 그들이 눈으로 보아온 것들을 자신의 눈으로 다시 한번 그려보고 싶은 동경.

강찬은 머리를 싸매고 고민하다 이내 눈을 떴다.

"장소를 바꾸면 되지."

장르도 바꾸면 된다.

사막의 모래와 총 그리고 칼이 난무하는 활극이 아닌 사기극.

그 시대만의 경쾌함을 잔뜩 담은, 사람과 사람이 서로를 믿지 못하지만, 겉으로는 믿고 어깨동무를 하는 그림이 강찬의 머릿속에 그려졌다.

허리춤에 걸린 총이 결국에는 서로의 머리를 겨눌 것을 알지만, 오늘의 우정이 담긴 술 한 잔을 즐기는 사람들.

순간 막혔던 둑이 터진 듯 강찬의 머릿속에서 시나리오가 터져 나오기 시작했다. 그간 보아온 드라마와 영화 등의 미디어로 습득한 정보로 디테일을 채워 넣고 장소를 써넣는다.

만리타향에서 만난 두 사람의 조선인, 아니, 그전에 태생이 사기꾼인 두 사내.

한 명은 독립운동의 자금을 조달하기 위해 사기를 치고, 다른 이는 자기 자신이 잘 먹고 잘살기 위해 사기를 친다.

"좋아."

밑그림이 괜찮다. 여기에 살을 붙이고 MSG를 친 뒤 볼륨을 더하면…… 아주 좋은 그림이 나올 것 같았다.

초고를 날려 버린 무언가에 홀리기라도 한 듯 강찬은 다시 키보드를 두들기기 시작했고 그렇게 일주일이 지났을 때.

"……됐다."

신 141개.

예상 상영 시간 2시간의 시나리오가 완성되었다. 강찬은 그때까지 비워두었던 제목란을 노려보다가 한 단어를 적어 넣었다.

'TWO BASTARDS'

2월 4일.

강찬은 완성된 초고를 안민영과 윤가람, 서대호와 백중혁, 그리고 백현주에게 보냈다.

그리고 다섯 사람 중 가장 먼저 전화를 걸어온 사람은 백중혁이었다.

-지금 바쁜가?

"아뇨."

-그럼 잠깐 보지. 자주 만나던 식당으로 오게나. 아, 식사는 했나?

"아직입니다. 그럼 30분 뒤에 뵙겠습니다."

-그러지.

백중혁의 목소리가 한껏 들떠있는 것을 보아 그 또한 강찬과 똑같은 감정을 느끼고 있는 모양이었다.

이것도 된다.

물론 시나리오만 보고 알 수는 없다. 잘 뽑힌 시나리오를 배우와 감독, 그리고 제작사의 욕심으로 망치는 경우도 허다하니까.

하지만 이번 작품은 다르다.

감독이 직접 쓴 시나리오이며 배급사는 감독의 편이다. 배우가 날뛰려야 날뛸 수도 없는 상황.

미소를 지은 강찬은 옷을 차려입은 뒤 약속 장소로 향했다.

약속 장소에 도착하자 백중혁은 벌써 소주를 마시고 있었다.

"무슨 소주를 그렇게 드십니까."

"우리 복덩이 왔나?"

그는 방금 따른 잔을 쭉 들이키더니 크, 하는 소리와 함께 말을 이었다.

"기분 좋은 날에는 소주가 제일이지."

"좋은 술이 아니고요?"

"좋은 술이 따로 있나? 어떤 사람과 어떤 상황에 마시느냐가 중요한 게지."

백중혁은 허허, 웃더니 강찬의 잔을 채웠다. 이제 막 외투를 벗고 있던 강찬은 외투도 다 벗지 못한 채 잔을 받았다.

"아주 좋더구먼. 주인공은 둘 다 조선인인데 장르가 서부극이라는 건 큰 이점이라 생각하네. 거기에 조연이 거의 다 서양인이라는 점도 마음에 들어. 해외 진출에 큰 도움이 될 걸세."

마음 같아서는 중국인도 하나 넣어 중국 시장도 노려보고 싶었지만 그랬다간 중구난방의 극치를 볼 것 같아 넣지 못했다.

"게다가 독립운동의 자금을 조달하기 위해 사기를 치는 유쾌한 주인공이라는 점이 제일 좋네. 겉으로는 유쾌하기 그지없으나 속은 묵직한 남자. 이런 캐릭터를 누가 싫어할 수 있겠는가?"

생각만으로도 즐거운지 실소를 흘리던 백중혁이 잔을 비웠고 강찬이 그의 잔을 채워주었다.

"오랜만일세."

"어떤 게 말씀이십니까?"

"내가 직접 제작자로서 영화를 만들고 싶다는 생각이 든 영화. 안민영이가 자네 옆에 없었다면 내가 하겠다고 떼를 썼을지도 몰라."

그는 껄껄 웃다가 갑자기 흐음, 하는 탄성을 흘리며 강찬과 눈을 맞추었다.

"혹시 말일세."

백중혁의 의도를 캐치한 강찬이 단박의 그의 말을 잘랐다.

"안됩니다."

"……그렇게 단칼에 거절할 필요가 있나? 난 아직 말도 안

했네만."

"이사님께서 제작에 참여하시면 제가 묻혀서 안 됩니다. 제가 이사님의 이름에 아래서도 빛을 발할 수 있을 정도로 성장한 다음, 그때 찾아뵙겠습니다."

백중혁은 아쉽다는 듯 짧게 혀를 차더니 술로 목을 축였다.

"누가 해준다 했나? 안 해줄 걸세."

백발이 성성한 데다 호랑이같이 생긴 노인이 에잉, 하고 토라지자 강찬은 고개를 숙이고 웃었다.

"한 잔 받으시지요."

만난 지 10분도 되지 않아 한 병이 비워졌지만 두 사람 다 술에 취한 기색은 없었다. 강찬이 빈 병을 치우고 술을 더 주문하는 사이 백중혁이 물어왔다.

"회사 하나 차린다면서."

"예."

"돈은 있고?"

"곧 생기겠죠. 원래 회사는 빚으로 굴리는 거 아닙니까."

"시작부터 망할 조짐이 보이는구먼."

농담을 주고받던 강찬은 이내 자신이 생각하고 있던 것을 이야기하기 시작했다.

이여름과 자신의 스케줄을 책임져줄 매니저, 그리고 자신의 사단을 만들고 싶다는 이야기까지.

방금까지 신선놀음을 하던 백중혁은 강찬의 말이 시작되기 무섭게 평소의 백중혁의 눈이 되어 그의 이야기에 집중했다.

강찬의 이야기가 끝났을 때, 백중혁은 생각을 정리하는 듯 술을 한 잔 더 하더니 말했다.

"호…… 개인 영화 제작소를 만들겠다. 거기에 배우 에이전시까지 합치겠다?"

"그렇습니다."

"개인 영화 제작소야 자네가 쉼 없이 영화를 만들면 해결된다지만. 배우들을 자네 영화에만 출연시킬 순 없을 텐데?"

"그냥 소유권 주장 비슷한 겁니다. 제가 발굴해 낸 배우들과 사람들을 다른 회사에 주긴 싫거든요."

욕심 가득한 말에 백중혁이 으허허, 웃더니 고개를 끄덕였다.

"그렇지. 남 주긴 배가 아프지. 자네가 사장을 할 건 아닐 테고. 믿을 만한 전문 경영인이 필요하겠구먼. 매니저들도 필요하고…… 그러려면 자본이 필요할 텐데."

"예."

강찬이 담담히 대답하자 백중혁의 고개가 모로 꺾였다.

"방안이 있는 모양으로 보이네만."

"제가 아는 분 중에 이사직에 계신 분이 한 분 계신 데, 그분의 손녀딸 과외를 한 달 정도 했었거든요. 근데 아직 그 과외비가 미납이라…… 아마 그거 받으면 좀 해결될 것 같습니다."

"무슨 과외비가 그렇게 비싼가?"

"아직 과외가 안 끝났거든요."

백현주는 원석이다. 조금만 더 가르치면 1인분을 넘어 일당백은 할 것이며 그녀를 가르치는 것으로 인해 백중혁의 어깨에 짐을 올려둘 수도 있으니 일거양득의 효과.

"이거 외통수로구먼!"

백중혁은 호탕하게 웃으며 테이블을 두들기더니 강찬을 바라보며 말했다.

"영일이 별로인가?"

"그건 아닙니다만. 제 사람들이 아니라서 말입니다."

백중혁이 눈을 가늘게 떴다.

'자기 사람이라.'

강찬은 이제 스물하나, 자신만을 보고 따르는 사람들이 얼마나 중요할지 아는 나이가 아니다.

보통의 스물한 살이라면 자신이 회사를 차리기보다는 백중혁에게 부탁을 할 것이다. 이런 사람들을 데리고 오고 싶으니 회사에서 힘을 써달라고.

회사를 차리는 것보다 그편이 훨씬 편하고 빠르며 간단하다.

한데 직접 차린다는 것은 '자기 사람'이 갖는 중요성을 알고 있다는 소리.

“가끔 나는 이런 생각이 든다네. 강찬이라는 사내 뒤에 다른 이가 있는 게 아닐까, 하고 말일세.”

틀린 말은 아니다. 스물하나 강찬 뒤에는 불혹이 지난 강찬이 있었으니까. 강찬이 비밀이 담긴 미소를 흘리는 사이 백중혁이 말을 이었다.

“그런데 대화를 나누다 보면 다 자네 머리에서 나온 생각이라는 게 보이네. 그래서 더욱 궁금해져. 자네를 가르친 사람이 누구인지. 춘부장께서 어떤 분이셨는지.”

“좋은 분이셨습니다.”

“그렇겠지.”

한 잔씩 목을 축이다 보니 두 번째 병마저 비었다. 백중혁은 쩝, 하고 입맛을 다시더니 말을 이었다.

“알겠네.”

“감사합니다.”

“감사할 게 있나, 과외비를 주는 것뿐인데.”

그는 마지막 남은 잔을 내밀었고 강찬은 기분 좋게 그와 잔을 부딪쳤다.

2월 중순의 어느 날.

강찬은 이여름과 함께 에일렌의 작업실로 향했다.

에일렌은 작년 10월에 솔로로 데뷔해 앨범을 냈고 음악방송 1위를 차지하며 주목을 받았다.

방송에는 자주 나가고 있지 않았지만, 음악적 재능을 인정받아 바로 2집을 준비하고 있는 상황.

소속사에서도 에일렌을 꽤 챙겨주고 있었기에 개인 작업실까지 갖게 된 그녀였다.

에일렌의 작업실 앞에 도착하자 그녀가 마중을 나와 있었다.

강찬이 인사를 하기도 전에 이여름과 에일렌이 서로에게 달려가 껴안으며 꺄, 꺄 하고 비명을 질러댔다.

그러고 보니 에일렌을 소개해 준 게 이여름이라는 것과 두 사람이 친자매나 다름없는 사이라는 것을 기억해 낸 강찬은 두 사람의 해후가 끝나길 기다렸고 곧 에일렌과 인사했다

"오랜만이네요."

"그러게요."

짧게 인사를 나눈 세 사람은 에일렌의 작업실로 들어갔다.

"와, 에일렌 출세했네요."

강찬의 말에 에일렌은 한껏 힘이 들어간 어깨를 추켜세우며 작업실을 가리켰다. 8평 정도 되는 작은 작업실이었지만 방음이 되어 있는 데다 녹음을 위한 어지간한 장비들은 다 있었다.

"소속사에서 엄청 잘해주나 봐요?"

"그럼요."

에일렌은 아, 하는 소리와 함께 두 장의 앨범을 꺼내 강찬과 이여름에게 건넸다. 앨범을 받은 두 사람은 감사하다는 인사와 함께 소소한 이야기를 나누었고 곧 강찬이 본론을 꺼냈다.

"혹시 편곡 좀 해주실 수 있어요?"

"여름이 버전으로 편곡해 주길 바라는 건가요?"

"예. 두 가지 버전으로 음원 출시하려고요. 에일렌 버전하고 여름이 버전."

에일렌은 흐응, 하는 비음을 흘리더니 손가락으로 테이블을 두들겼다.

"저 말고 다른 분에게 맡겨도 되지 않나요?"

"에일렌이 원작자잖아요."

강찬의 말에 에일렌이 눈을 흘기며 말했다.

"판권 다 가져갔으면서."

"인센티브 다 떼가면서?"

그의 대답에 에일렌이 씩 미소를 지었고 강찬 또한 미소를 지으며 말했다.

"좋아요. 다른 사람도 아니고 여름이가 부를 노랜데."

"그럼 잘 부탁드릴게요."

"말 나온 김에 지금부터 해볼까요? 여름이 괜찮아?"

"응!"

스위치가 켜진 것인지 에일렌이 소매를 걷어 올리며 작업에 들어갔다. 강찬은 에일렌과 이여름이 함께 노래를 부르고 또 맞춰가는 것을 바라보며 생각했다.

'진주는 뭐 하려나.'

2월 21일.

에일렌을 만나고 일주일 뒤.

"내일부터 TV랑 인터넷에 '악당' 광고 들어가는 거 알지?"

"그럼요. 제 영환데."

"음원 발매도 내일인가?"

"예."

TV와 인터넷에 '악당'의 티저 영상 광고가 시작될 것이며 그와 동시에 두 가지 버전의 악당 OST, 'HERO'가 음원으로 출시될 것이었다.

"시사회는 어떻게 할까?"

"기자들 모아서 한 번 하긴 해야죠. 3월 초쯤에 잡아주세요. 그리고 저도 다음 주부터 방송 나갈게요."

"잘됐네. 여름이랑 강찬 배우 페어로 찾는 프로그램이 많았거든."

이제 개봉까지 남은 시간은 한 달 하고 2주 정도. 눈 깜빡할 사이에 지나갈 시간이었다. 이제부터는 강찬 또한 방송에 얼굴을 비치며 영화 홍보를 해야 할 때가 왔다.

"예능은 좀 그렇지?"

"뭐 상관없어요."

이번 영화 '악당'만 흥행시킨다면 다음부터는 굳이 이런 홍보를 할 필요도 없다. 배우들은 알아서 예능을 찾아가 영화를 홍보할 테고 기자들이 찾아와 알아서 인터뷰할 테니.

"오케이."

안민영은 더 할 말이 있나 곰곰이 생각하다 아, 하는 소리와 함께 말을 이었다.

"정기태 씨 팀. 기억하지?"

"그럼요."

"평판도 괜찮고 실력도 괜찮은 거 같은데 어떻게 할래? 만약 같이한다면 지금 하고 있는 연극 끝나고 4월 22일부터 가능하고."

4월 22일. 영화 개봉이 4월 5일이니 개봉 후 방송이나 이벤트들에 참석하다 영화 촬영을 시작하기 좋은 시기다.

"그럼 그때까지 제작 준비 끝내죠."

안민영은 스케줄을 계산하는 듯 수첩을 손가락으로 톡톡

치다가 이내 오케이! 하고 말했다. 힘든 일정이겠지만 소화하지 못할 정도는 아닌 데다가.

무엇보다 시나리오가 너무 좋았다.

어서 영화로 만들어 대중에게 보여주고, 저 영화 제작을 내가 맡았다는 것을 사방에 자랑하고 싶은 마음이 벌써 들고 있는 상황.

"그럼 잘 부탁드리겠습니다."

"나만 믿어."

3월 30일. 악당의 개봉까지 일주일이 남은 시점.

강찬이 제작한 '악당'의 티저는 총 3개였다.

TV 광고용 15초짜리와 인터넷용 3분짜리. 그리고 액션 장면을 맛보기로 편집한 티저까지.

여기에 이여름과 에일렌의 OST가 더해지자 반응은 그야말로 폭발적이었다.

[영화 '악당'의 OST 'HERO' 음원 차트를 휩쓸다.]

[3개의 음원 차트 1위를 휩쓴 'HERO'가 OST로 들어간 영화. '악당'은 어떤 영화인가?]

[화제의 영화 '악당'의 시사회를 다녀오다.]

[극찬의 연속. '선댄스 대상은 달랐다.' 박평수 평론가의 극찬!]

하루가 멀다고 기사가 쏟아져 나왔으며 강찬과 이여름뿐만 아니라 조연들까지 TV 방송 섭외가 끊이지 않았다.

오랜만에 서대호의 집에서 그와 함께 술잔을 기울이던 강찬은 TV에 나오는 자신과 이여름의 모습을 보며 헛웃음을 흘렸다.

"이 정도면 100만이 아니라 2~300만 봐도 되겠는데?"

"야, 반응만 보면 500만이야."

서대호가 기쁜 듯 잔을 들었고 강찬은 그와 잔을 부딪쳤다. 그리곤 TV를 보다가 강찬을 보며 어깨를 쭉 펴더니 물었다.

"크…… 나도 배우나 할까."

"한 번 해봐."

"진짜?"

"그래야 현실의 벽이 높다는 걸 깨닫지."

"이 썩을 놈이……."

서대호는 헛웃음을 흘리더니 쭉 기지개를 켰다.

"아, 진짜 500만 찍으면 좋겠다."

만약 500만 명이 '악당'을 본다면 200억 이상의 수익이 난다. 이번 영화의 투자자는 두 사람뿐인 데다가 배급사 또한 백중혁이 맡았다. 즉, 차 떼고 포를 뗀다 해도 강찬에게 떨어지는 돈은 100억 이상.

한순간에 다음 영화 제작비를 벌 수 있게 되는 것이다.

행복한 상상을 하던 강찬은 서대호의 어깨를 툭 치며 물었다.

"다음 영화도 할 거지?"

"불러만 주신다면 지옥 끝까지 따라갑죠."

악당의 촬영이 끝난 작년 8월 이후, 서대호는 영일에서 인턴으로 일하며 현장 일을 배우고 있었다.

그러다 보니 자신의 영화에 대한 갈망이 더욱더 끓어오르는 모양. 강찬은 미소를 지으며 그에게 손을 내밀었고 서대호가 그의 손을 맞잡았다.

"다음 영화도 잘 해보자."

"그럼. 다음 영화는 천만 찍어야지."

서대호는 낄낄거리고 웃더니 물었다.

"캐스팅은 어때?"

"거의 끝나가고 마지막 한 명 남았다."

주연 둘과 조연 여섯.

조연 여섯 중 넷은 외국인을 써야 했기에 해외 에이전시에 부탁해 캐스팅을 마친 상태였고 한국인 캐릭터 넷 또한, 거의 캐스팅이 끝난 상황이었다.

하지만 마지막 한 명.

"한 명이 누군데?"

"신인인데, 얼굴 보기가 힘드네."

"왜?"

서대호가 의아한 듯 되물었다.

만약 자신이 신인 배우인데 강찬이 자신을 캐스팅한다 말한다면? 만사를 다 제쳐놓고 강찬을 만나러 올 것이다. 그런데 얼굴 보기가 힘들다니.

"연정석이라는 배우인데……."

강찬이 캐스팅하려는 배우는 연정석.

나이는 스물여덟. 177㎝에 91㎏.

선이 굵은 얼굴과 근육질 몸매. 시쳇말로 마초의 이미지를 가진 사내다. 그리고 인간 됨됨이 또한 마초에 가깝다.

불우한 어린 시절을 지나 배우가 되고 싶다는 꿈 하나만으로 서울로 상경한 사내, 그는 돈도 안 되는 단역을 전전하며 단칸방 생활을 이어가면서도 꿈을 꾸었다.

문제는 그의 성격.

불의를 참지 못하는, 이 시대에 어울리지 않는 성격 때문에 촬영장에서의 불화가 생겼고 결국 감독과의 마찰로 인해 에이전시에서 잘리고 말았다.

문제는 그와 마찰을 일으킨 감독의 성격이 지랄맞은 데다가 영향력까지 있다는 것.

신인 배우 하나를 보이콧하는 건 일도 아니었기에 그는 그대로 보이콧을 당해 공사판을 전전하는 처지가 되어버리고 말았다.

"네 캐릭터랑은 잘 안 어울리지 않아?"

"아니, 완벽히 어울리지."

연정석이 공사판을 전전하고 있을 때, 우연히 독립 영화에 출연 기회를 얻게 되고 그 작품을 통해 연기력을 인정받으며 다시 한번 배우로서의 삶을 이어가게 된다.

그 뒤로 연정석은 많은 영화를 찍는데 그가 가장 잘 소화하는 역할이 바로 겉과 속이 다른 악역이었다.

그렇기에 강찬은 연정석을 캐스팅하려는 것이었지만.

연정석은 인간에 대해 불신이 쌓인 것인지 아니면 영화에 대한 꿈을 접어가는 시기인지 강찬을 만나주려 하지 않았다. 결국, 강찬이 직접 찾아간다는 말을 한 뒤에야 약속을 잡을 수 있었다.

"뭐 네가 알아서 하겠지. 건배!"

고개를 끄덕인 강찬은 그와 함께 잔을 나누었고 그렇게 밤이 깊어갔다.

그리고 일주일 뒤. 4월 5일.

영화 '악당'의 개봉일 아침이 밝았다.

3장

마무리, 그리고 시작

백중혁이 차린 배급사, '백 영화사'는 영일 미디어아츠에서 1㎞ 정도 떨어진 시내에 위치해 있었다.

4월 6일. 악당이 개봉한 다음 날 오전 9시. 백 영화사의 대회의실.

강찬과 백중혁, 그리고 영화 제작에 참여했던 이들 중 중역이라 부를 만한 이들이 모여 있었다.

"집계 나왔네."

수화기를 내려놓은 백중혁이 짐짓 긴장된 목소리로 말했고 그의 입으로 모든 이의 시선이 집중되었다.

"영화 '악당'의 개봉일 관객 수는……."

백중혁은 침을 꿀꺽 삼키더니 강찬과 눈을 맞추며 말했다.

"31만 7,811명일세."

"후……."

숫자를 듣는 순간 긴장감이 탁 풀렸다. 강찬이 짧은 한숨을 내쉰 순간, 안민영과 윤가람, 그리고 숫자의 의미를 아는 이들은 각자의 방식으로 기쁨을 표현했다.

"예쓰!"

"됐다!"

"만세! 대박이다!"

대략 32만 명.

1억 원 안팎의 저예산으로 제작된 영화라는 점을 감안하지 않아도 이 정도면 어마어마한 관람객의 수였다.

"예매율이야 당연히 1위고…… 관객들의 반응 또한 압도적일세. 평점이 9점대를 달리고 있다는구먼."

백중혁의 말이 이어질수록 기쁨은 배가 되었다.

"강 감독이 한 홍보가 제대로 먹혔어. 티저 영상의 조회 수보다 자네 홈페이지의 조회 수가 더 높으니 말 다했지."

그는 껄껄 웃더니 강찬에게 손을 내밀었다. 강찬이 백중혁의 손을 쥐자 그가 말을 이었다.

"오프닝 스코어가 32만이면 대충 5~600만 정도 나오겠구먼. 축하하네."

"감사합니다."

수십 년간 영화를 만들어온 전문가의 말이니 얼추 맞을 것이었다. 강찬 또한 그 정도로 예상하고 있었으니.

100억 이상의 제작비를 쏟은 작품 중에서도 오프닝 스코어가 32만에 달하는 작품은 드물다. 하물며 1억 이하의 제작비를 사용한 악당이 32만이라니.

꿈이 아닌가 하는 생각에 허벅지를 꼬집어보았지만 아픔은 생생했다. 고통 뒤로 기쁨보다는 되었다는 안도감이 먼저 찾아왔고, 그 이후에야 심장이 두근거리기 시작했다.

"강 감독, 축하해."

"축하드려요."

"축하합니다!"

강찬이 멍하니 앉아 있는 사이 그의 주변에 있던 이들이 축하의 말을 건네 오기 시작했다.

"이젠 진짜 천재 영화감독이라고 불러도 되겠네."

"게다가 흥행 배우지."

"그렇게 따지면 여름이가 더 대단한 거 아닌가요? 11살, 아 이제 12살이구나. 12살의 나이에 500만 영화 주연이잖아요."

벌써 500만은 확정하는 분위기였다. 달뜬 분위기에 모두가 장밋빛 미래를 꿈꾸고 있을 때, 강찬은 생각에 잠겼다.

'100억이라.'

500만 관객을 가정하면 200억 정도의 수익이 난다. 이 중 영화관과 배급사에게 나누어 줄 돈이 3~40% 정도.

맥시멈 40% 정도라 가정했을 때, 강찬에게 떨어지는 순수익이 120억이다.

'하…… 하하.'

서대호의 아버지이자 첫 투자자인 서대찬의 천만 원. 그리고 여진주의 어머니이자 대주주인 배혜정의 오천만 원.

이 두 사람에게 20배의 배당금을 준다고 해도 100억이 남는다.

'100억이면 하고 싶은 모든 것을 할 수 있다.'

사실상 투자자를 구할 필요 따위 없는 것이다. 그런데도 투자를 받아야 하는 이유는 있다.

아주 조그만 숟가락이라도 얹게 해주어야 한국에서 영화를 배급하는 데 편하기 때문. 혼자 다 먹으려다가 주변의 견제에 배탈이 나는 것보다야 밥풀떼기 하나씩이라도 나누어주는 것이 낫다.

'물론 이번까지만 그래야지.'

이제 제작사를 차리고 백중혁이 배급사로서 입지를 굳히는 순간, 누군가에게 나누어줄 필요가 없어진다.

강찬의 영화를 자신의 극장에 걸기 위해 어떻게 해서든 판권을 따내려 할 테니까.

'해운대가 130억이었나.'

거대하다는 말이 어울릴 정도의 스케일을 가진 영화, '해운대'가 130억의 제작비로 만들어진 영화다.

즉 강찬의 영화 또한 그 정도 스케일로 꾸밀 수 있다는 소리. 게다가 '해운대'는 재난 영화다.

그렇기에 돈을 처바른다는 소리를 듣는 VFX, 즉 CG를 많이 사용하지 않아도 되고 그 뜻은.

'세트와 소품에서 디테일을 살릴 수 있다.'

CG에 바를 돈으로 세트와 소품을 만들어버리는 것이다. 그럼 얼마나 디테일한 소품과 세트가 나올까.

시대극에서 가장 중요한 것은 배우의 연기도, 감독의 연출과 편집도 아니다.

소품과 세트를 이용해 그 시대의 분위기를 살려 관객들이 그 시대의 감성에 몰입하게 하는 것이 제일 중요하다.

강찬은 요추를 타고 흐르는 짜릿한 흥분에 긴 숨을 내쉬었다. 그러자 그의 옆에 앉아 있던 이여름이 물어왔다.

"왜 한숨을 쉬세요?"

"한숨 아니야, 좋아서 그래."

그의 말에 이여름이 모르겠다는 눈으로 강찬을 올려보았고 그는 씩 미소를 지으며 이여름의 머리를 쓰다듬어 주었다.

영화에 대한 생각은 잠시 접어두고 지금은 기쁨을 만끽해도 괜찮을 것 같았다.

개봉 일주일 차.

영화 '악당'의 위클리 스코어가 147만 명을 달성했다. 독립 영화사상 유례없는 흥행에 영화인들은 흥분했고 강찬과 '악당'의 출연진들은 몸이 두 개라도 모자랄 스케줄에 시달렸다.

예능과 토크쇼, 기자들과의 인터뷰와 라디오까지. 특히나 배우와 감독 두 가지 역할을 동시에 해냈고 거기에 선댄스 영화제에서 심사위원 대상까지 받아온 강찬에 대한 대중의 관심은 용광로 그 자체였다.

오죽하면 나가지도 않고 있는 미래대학교에 현수막이 걸렸다는 친구들의 제보까지 들어올 정도.

'학교도 가야 하는데.'

인맥, 그리고 교육을 위해 들어간 학교였기에 애정이 있는 것은 아니었지만 언젠가 캠퍼스 라이프를 즐겨보고 싶기도 했다.

'……언젠가가 언제가 되려나.'

잠시 생각을 하는 사이, 강찬이 타고 있던 택시가 경기도 외곽의 빌라 단지에 들어섰다.

'차도 한 대 뽑아야겠구나.'

차를 생각하자 수많은 외제차가 떠올랐다. 포르쉐, 람보르기니, 마세라티…… '21살의 나이에 100억대 자산가가 되었으니 그 정도 하나는 몰아도 되지 않을까……' 하는 생각도 잠시.

'그 돈으로 영화나 찍어야지.'

차는 검소하게.

'독일 3사 정도…….'

돌아오기 전에는 타보지도 못했던 차들의 이름과 연식, 가격 등이 머릿속에 마구 떠올랐다. 타보지 못했기에 더욱 타보고 싶었고 그래서 인터넷으로 검색하다 보니 외제차에 대해서는 빠삭했기 때문.

어떤 차를 탈까 하고 상상하던 강찬이 푸흐흐, 하고 경박스러운 웃음을 흘리자 택시기사가 백미러를 통해 강찬을 보았다. 그와 눈이 마주친 강찬은 정신을 차린 후 말했다.

"여기서 세워주세요."

몸이 두 개여도 모자랄 정도로 바쁜 강찬이 직접 경기도 외곽까지 나온 이유. 연정석을 만나기 위함이었다.

극장 앞에서 내린 강찬은 극장으로 들어가 악당의 티켓 하나를 구매했다. 영화까지 남은 시간은 한 시간여.

티켓을 지갑에 넣은 강찬은 극장 앞으로 나왔다. 그리곤 연정석에게 전화를 걸기 위해 핸드폰을 꺼냈을 때. 저 멀리 다가오는 연정석의 모습이 보였다.

푹 눌러쓴 볼 캡, 나이키 바람막이를 입었음에도 드러나는 두꺼운 팔뚝과 우람한 어깨. 거기에 작은 얼굴까지.

'참 불공평한 세상이라니까.'

만약 강찬이 저 정도의 비율을 가지고 있었다면 자신을 위해 시나리오를 썼을지도 모른다. 고개를 저어 잡념을 털어낸 강찬은 영업용 미소를 지은 채 연정석에게 다가갔다.

"연정석 씨?"

"예?"

"만나기로 했던 강찬입니다. 안녕하세요."

가까이서 보는 순간 확신이 들었다. 'TWO BASTARDS'의 주인공, '권중희'를 연기할 사람은 이 사람밖에 없다.

"아, 예."

연정석이 떨떠름한 목소리로 답했다. 감독이라는 이가 자신을 찾아온다는 말에 일말의 기대를 품은 것도 사실.

하지만 많이 봐줘야 20대 초반으로 보이는 이가 찾아왔으니 실망한 것이었다.

그 낌새를 눈치채지 못할 강찬이 아니었고 강찬은 직구를 던졌다.

"실망하셨나 봅니다. 감독이라는 사람이 이렇게 어려서."

연정석은 아니라 말하며 고개를 저었지만, 그의 눈에 담긴 실망까진 지우지 못했다.

만약 그가 '악당'의 성적과 강찬의 커리어를 알았다면 이런 반응을 보이지 않았을 터, 먹고 사는 데만 집중하고 있는 모양이었다.

'예상은 했다만.'

자신의 이름과 영화감독이라는 말을 듣고도 모를 정도라면 영화는커녕 TV도 보지 않는 모양.

"식사는 하셨습니까?"

"아직입니다."

"그럼 간단하게 한 끼 드시죠."

강찬이 극장 건너편에 있는 순댓국밥집을 가리키자 그가 고개를 끄덕였다.

자리에 앉아 순댓국을 주문하는 사이, 연정석이 소주 하나를 주문하려다 멈칫하며 물었다.

"소주 한잔해도 되겠습니까."

어쨌거나 감독이라는 사람과 함께 식사를 하니 예의상 묻는 것일 터.

"편한 대로 하세요."

강찬 입장에서는 그가 술에 취해 있는 편이 더 좋다. 술에 취한 사람의 감정은 조금 더 격해지게 마련이고 그럼 강찬이 준비한 무기가 더 잘 먹힐 테니까.

그는 고개를 꾸벅이더니 소주 한 병을 주문한 뒤 강찬을 바라보았고 두 사람의 눈이 마주쳤을 때 강찬이 말했다.

"저는 연정석 씨를 제 차기작에 캐스팅하고 싶습니다."

"예. 전화로도 하셨죠."

"어떻게 생각하십니까?"

연정석은 대답 대신 입술을 깨물었다. 판단이 서지 않은 것이다.

영화는 찍고 싶었다.

하지만 어린 감독과 함께할 때, 또다시 전 촬영장에서의 악몽이 반복될 수도 있지 않을까.

또 그런 상황이 온다면 자신은 다시 연기를 못하게 되지 않을까.

혹시 이게 천재일우의 기회는 아닐까.

생각을 하는 사이 소주와 순댓국이 나왔고 연정석은 말 대신 소주를 따라 마셨다. 강찬 또한 그의 생각을 방해하지 않고 식사를 하며 그의 말을 기다렸다.

그렇게 소주가 반병이 비고 식사가 끝나갈 때쯤.

"단도직입적으로 물어도 되겠습니까."

"그러세요."

"왜 저를 캐스팅하시려는 겁니까? 영화감독이라 하셨으면 제 이야기를 아실 텐데."

안다.

과거에 무슨 일이 있었는지, 그리고 미래에 무슨 일이 있을지까지도. 그래서 캐스팅하려는 것이고.

"제 차기작 주인공 캐릭터와 연정석 씨가 완전히 부합합니다. 이유는 그것뿐입니다."

"……주인공 말입니까?"

"예."

연정석의 미간골이 더욱 깊어졌다. 자신의 위치는 자신이 제일 잘 아는 법, 연정석은 신인, 그것도 중고 신인이다.

아직 증명도 되지 않은 사람을 주인공으로 쓰겠다니.

자신의 진가를 알아봐 준 천재 감독이라 생각하기에는 겪어온 세월의 흔적이 짙었다.

"연정석 씨가 무슨 생각을 하시는지 압니다. 제가 무슨 말을 해도 한 번 생긴 선입견을 깨기 힘들다는 것도 알고 있습니다. 그러니 저도 단도직입적으로 말하겠습니다."

과연 알고 있을까, 하는 생각과 단도직입이라는 말에 대한 기대감이 담긴 눈이 강찬에게로 향했다.

강찬은 가져온 'TWO BASTARDS'의 시나리오. 그리고 바로 앞 영화관에서 상영 중인 '악당'의 티켓을 그에게 건넸다.

시나리오를 힐끗 본 그는 영화 티켓으로 눈을 돌리며 물었다.

"악당? 이건 뭡니까?"

"각본•연출•제작•편집•주연까지 모두 제가 한 영화입니다. 식사하시고 가서 보신 다음. 생각이 바뀌신다면 연락 주십시오."

그는 악당의 제목을 소리 내어 읽어보더니 티켓과 강찬을 번갈아 보았다.

"직접 만드신 영화가…… 상영관에 걸려 있다고요?"

"예. 오프닝 스코어 32만, 위클리 스코어 147만입니다."

연정석의 입이 떡하고 벌어졌다. 이십 대 초반의 감독이 모든 것을 담당한 영화가 그 정도 성적을 올렸단 말인가.

"진짜입니까?"

"당장 인터넷에 검색만 해도 나오는 거 가지고 뭐하러 거짓말을 하겠습니까. 그리고 전 거짓말 싫어합니다."

그건 그렇다.

연정석은 검색해 보고 싶은 충동을 억누르며 티켓을 내려놓았다.

"시나리오는 지금 보셔도 되고, 영화를 보고 난 다음에 보셔도 되지만 유출은 하지 말아주십시오."

연정석은 배우를 꿈꾸는 사람. 시나리오 라이터들에게 시나리오가 얼마나 중요한지 안다. 그렇기에 자신에게 시나리오를 건네는 강찬의 행동에서 진심을 읽을 수 있었다.

'진짜 나를 캐스팅하려는 건가.'

위클리 스코어가 147만이라면, 적어도 500만 이상의 관객을 확보할 것이다. 그 정도면 능력 있는 감독이라 보아도 되고, 그런 사람의 차기작이라면 블록버스터라 불러도 될 정도의 스케일일 것이었다.

'그런 영화의 주인공으로 나를 쓴다고?'

티켓을 든 연정석의 손이 떨리기 시작했다. 그와 동시에 그의 시선이 'TWO BASTARDS'의 시나리오로 향했다.

침을 꿀꺽 삼킨 그가 강찬의 눈을 바라보았을 때.

"그럼 연락 주십쇼."

강찬은 명함 하나를 그의 앞에 내려놓은 채 계산을 하고 식당을 나섰다. 강찬은 식당을 나서 택시를 잡아탈 때까지 뒤를 돌아보지 않았고.

연정석은 망부석이 된 여인처럼 그의 뒷모습과 티켓, 그리고 시나리오를 번갈아 보고 있었다.

SBC의 세트장.

강찬은 시네마 24의 기자 정승아와 얼굴을 마주한 채 인터뷰를 하고 있었다. 여전히 작은 키와 큰 입이 인상적인 그녀가 물어왔다.

"오늘로 개봉 9일째, 170만이 넘어서 200만을 바라보고 있는 영화 '악당'의 감독님. 강찬 감독님을 모셨습니다."

그녀의 소개와 함께 방청석에서 환호가 터져 나왔다.

하지만 방청석에는 한 명의 방청객도 없었고 덩그러니 놓여 있는 음향 장비가 방청객들을 대신해 환호 소리를 내고 있었다.

"안녕하세요. 강찬입니다."

정승아는 강찬의 커리어와 악당의 흥행 성적 그리고 악당에 대한 평들을 열거하며 강찬을 칭찬했다.

슬슬 미소를 띤 얼굴에 경련이 오려고 할 때, 정승아가 물어왔다.

"그럼 차기작 준비도 끝나신 건가요?"

"예. 4월 내로 크랭크 인에 들어갈 생각입니다."

정승아는 와, 하는 탄성과 함께 박수를 치며 물었다.

"제목이 뭔가요?"

"'TWO BASTARDS'입니다."

"무슨 뜻이죠?"

"두 나쁜 놈…… 이런 뜻이 되겠네요."

"제목만 봐서는 해외 진출을 노리고 계신 것 같은데 한국어 제목은 따로 안 두신 이유가 있으실까요?"

"예. 제목에 조금 더 강한 느낌의 워딩을 담고 싶었거든요. 'TWO BASTARDS'를 직역하면 두 개…… 자식이 되는데. 이

걸 영화 제목으로 쓸 순 없으니까요."

강찬의 말에 하하, 하고 웃은 정승아가 고개를 끄덕였다.

"그러네요. 아무래도 영화 제목에 '개'가 들어가긴 좀 그렇죠. 그럼 'TWO BASTARDS'는 어떤 내용인가요?"

"시대극입니다. 일제강점기 시절, 골드러시가 끝나고 황금기가 시작된 캘리포니아에서 두 명의 조선인이 만나게 되죠. 한 명은 독립운동을 위한 자금을 구하기 위해 캘리포니아로 넘어왔고, 다른 한 명은 일신의 영위를 위해 나라를 버리고 캘리포니아로 넘어왔습니다."

"와, 그래서요?"

"공통점이라고는 조선인이라는 것밖에 없는 두 사람에게 또 다른 공통점이 하나 있습니다. 머리가 아주 좋은 사기꾼들이라는 거죠. 두 사람은 캘리포니아 골드러시로 성공한 거부에게 사기를 치려 합니다."

정승아는 벌써 이야기에 빠져든 듯 빠르게 고개를 끄덕였지만, 강찬의 입은 닫혔다.

"끝이에요?"

"다음은 영화로 만나보시면 될 것 같습니다."

그의 말에 정승아는 너무한다는 듯 눈을 흘기다가 이내 자신이 진행하는 인터뷰라는 사실을 깨닫고 프로의 모습을 되찾았다.

"정말 기대되는 작품인데요. 그럼 차기작 'TWO BASTARDS'는 언제쯤 만나볼 수 있을까요?"

"2008년 초 중순이 아닐까 싶습니다."

"그렇게나 일찍이요?"

"예."

"기다림의 시간이 짧아서 좋네요. 저도 한 사람의 팬으로서 응원할게요!"

인터뷰가 끝난 후, PD와 인사를 하고 있을 때 정승아가 찾아와 말했다.

"오늘은 선약 없으신가요?"

저번에 한우진과 만날 약속이 있어 식사 제의를 거절한 걸 아직 기억하고 있었던 모양이다.

"그럼요."

강찬의 대답에 정승아가 해맑게 웃었을 때. 그의 전화가 울렸다. 강찬은 손을 들어 양해를 구한 뒤 전화를 받았다.

-안녕하십니까 감독님. 연정석입니다.

"예."

-지금 통화 괜찮으십니까?

"그럼요. 말씀하세요."

-그때 제가 사람의 외모만 보고 능력을 판단해서는 안 되는 걸 알면서도 실수를 했습니다. 죄송합니다.

"아뇨. 괜찮습니다."

사과를 마친 연정석은 씁, 후, 하고 짧은 심호흡을 마치더니 말했다.

-제가 그 '권중희' 역, 한 번 해봐도 되겠습니까?

"기다리고 있던 말입니다. 'TWO BASTARDS'에 합류하신 걸 축하드립니다."

-……감사합니다.

"그럼 따로 연락드리겠습니다."

-예. 기다리고 있겠습니다.

기분 좋은 표정으로 전화를 끊자 옆에서 가만히 있던 정승아가 물어왔다.

"무슨 전화에요?"

"기분 좋은 전화요. 어떤 거 드실래요? 오늘은 제가 사겠습니다."

강찬의 말에 정승아는 기자의 촉을 빛내며 무언가를 캐내려 했지만, 강찬은 그녀의 술수에 넘어가 주지 않았다.

결국, 알아내지 못한 정승아가 입술을 댓 발이나 내밀었다.

"치."

"치킨?"

"……됐어요. 고기나 먹죠."

"고기 좋죠."

2007년 4월 21일, 백 영화사의 대회의실.

11명의 배우가 모여 있었으며 4대의 카메라가 돌며 배우들의 얼굴을 찍고 있었다.

강찬과 백중혁, 그리고 안민영이 상석에 앉아 배우들을 바라보고 있었으며 배우들의 앞에는 두툼한 대본이 한 부씩 놓여 있었다.

모든 사람이 모인 것을 확인한 강찬은 기분 좋은 미소를 지은 채 모두에게 말했다.

"그럼 영화 'TWO BASTARDS' 대본 드라이 리딩 시작하겠습니다."

차기작 'TWO BASTARDS'의 제작이 본격적으로 시작되었다.

◀ 4장 ▶

배우 연정석

이번 영화에서 강찬은 배우로 참가하지 않았다. 배역을 만들자면 만들 수 있었지만 'TWO BASTARDS'는 감독으로서 제대로 연출해 보고 싶었기 때문이다.

'돈도 많고.'

제작비를 아끼기 위해 자신이 배우를 해야 하는 상황도 아니니 굳이 배우를 할 필요도 없었다. 언젠가 하고 싶은 배역이 있으면 하면 될 터.

'TWO BASTARDS'의 배우진은 이렇다.

독립투사 권중희 역의 연정석. 탄탄한 몸과 선이 굵은 얼굴로 동양적인 색채가 가장 짙은 배우로 독립투사라는 네 글자와 딱 들어맞는 배우였다.

사기꾼 안백 역의 정희성. 170㎝가 조금 안 되는 키와 이방 수염이 아주 잘 어울리는 사내였다.

이렇게 두 명이 주인공이었으며 캘리포니아 거부 레이나드 포터 역의 크레이그 마누엘은 전형적인 금발 벽안의 서양인으로 큰 코와 큰 키, 후덕한 외모를 지닌 영국인.

권중희의 해외 활동을 지원하는 미모의 비선 이덕혜 역의 장효선은 삼십 대 중반의 나이였으나 이십 대로 보이는 동안의 외모와 아담한 체구 덕에 한복이 잘 어울리는 여자였다.

그리고 권중희를 쫓는 일본 경찰 곤도 역의 이해철.

큰 키와 마른 몸, 그리고 쭉 찢어진 눈이 날카로운 인상을 더해 주는 사내다.

마지막은 독립투사의 수장. 김구 역을 맡은 강해창.

마흔일곱의 나이로 연기 경력만 20년이 넘는 배우였다. 강찬이 캐스팅한 배우 중 가장 비싼 몸값을 자랑하는 배우이며 촬영장의 중심이 되어줄 배우가 바로 강해창이다.

주•조연 중 비중이 있는 이들은 이 정도였고 나머지 5명은 드라이 리딩을 위해 참석한 적은 비중의 배우들이었다.

배우들을 한 명 한 명씩 바라본 강찬이 말했다.

"지문은 제가 하겠습니다. 1924년. 김구의 안가. 김구와 권중희의 대화."

강찬이 지문을 읽자 김구 역을 맡은 강해창과 권중희 역을 맡은 연정석이 대본을 읽기 시작했다.

건성으로 읽는 게 아닌, 진짜 연기를 하듯 서로를 바라보며 감정을 담아 연기를 펼치고 있었다.

"권 동지, 굳이 떠나야겠습니까."

"다시 오지 않을 기회입니다."

권중희가 고개를 숙였다가 들며 결심이 담긴 눈으로 김구를 바라보았다. 김구는 그의 뜻을 꺾을 수 없다는 것을 깨달은 듯 이내 그의 어깨에 손을 얹는다.

"내가 못나 동지에게 너무 무거운 짐을 지웁니다. 미안합니다."

"제가 하고 싶어 하는 일입니다. 너무 마음 쓰지 마십시오."

연정석의 연기는 아직 안정되지 않았지만, 진심이 느껴졌다. 벌써 '권중희'라는 캐릭터에 몰입한 게 보일 정도.

게다가 그가 보고 있는 시나리오는 벌써 귀퉁이가 헤져가고 있었다. 지난 일주일 동안 수도 없이 봤다는 증거였다.

'그림 좋아.'

강해창 또한 그간의 경력을 딱지치기로 딴 게 아니라는 듯 안정적이며 묵직한 연기로 김구를 연기해 주었다.

초반 신이 지나고 배우들의 대사가 한 명씩 이어졌다. 강찬이 직접 고른 배우들이었기에 연기력은 의심할 여지가 없었고 감정의 전달 또한 완벽했다.

드라이 리딩이라고 허투루 하는 이는 없었으며 진짜 연기를 하듯 진지하게 임하는 모습에 강찬의 입가에 미소가 번졌다.

강찬은 슬쩍 입가를 매만지며 미소를 가린 뒤 드라이 리딩을 이어갔고 그렇게 중반부가 되었을 때.

“사기꾼이 돈만 봐야지, 독립? 그게 밥 먹여줘? 그 나라가 독립하고 나면 너희들 챙겨줄 것 같아? 결국, 윗대가리들은 안 바뀌어. 독립하고 나 봤자 너희는 개밥에 도토리, 아니, 그냥 쓰레기처럼 버려진다고.”

사기꾼 안백 역의 정희성이 권중희를 향해 악담을 퍼부었다. 하지만 권중희는 눈동자조차 흔들리지 않은 채로 답한다.

“그걸 어떻게 아시오? 침묵하고 눈을 가려봐야 달라지는 것은 없소. 소리치고 움직여야만 변하는 것이오. 그리고 무엇보다!”

천천히 말하던 권중희의 주먹이 부들부들 떨린다.

“고통받는 동지들을 보지 못했소? 아무런 죄 없이 살아가던 동지들이 순사들의 손에 매질을 당하는 것을 보고도 그딴 소리가 나오냔 말이오.”

안백은 허, 하고 고개를 젓는다. 이해는 할 수 있지만.

“그게 나랑 무슨 상관인데? 내 가족이야? 얼굴도 모르는 사람들이 불쌍하다 여기려면 당장 캘리포니아의 흑인 노동자들을 봐. 이 사람들은 안 불쌍한가? 마소보다 못한 취급을 받으며 살고 있는데? 당신 논리대로라면 이들을 위해 노동혁명이라도 일으켜주어야 하는 거 아닌가?"

"우리 땅의 동지들은 한민족 아니오!"

"한민족은 지랄."

안백은 퉤, 하고 침을 뱉더니 담배를 꺼냈다. 그리곤 권중희의 얼굴을 향해 삿대질하며 한 글자 한 글자 또박또박 말했다.

"이 일에서 손 떼. 그 더러운 면상 한 번만 더 보이면 내가 뒤지든 네가 뒤지든 둘 중 하나일 테니까."

말을 마친 안백은 물고 있던 담배를 퉤 뱉어버린 뒤 뒤돌아 걷기 시작했다.

"오케이."

그들의 연기를 보던 강찬은 자신도 모르게 박수를 쳤다. 열연을 마친 두 사람 또한 긴 숨을 내쉬며 호흡을 가다듬었다.

"정말 좋습니다. 두 분 연기하는 것만 보아도 어떻게 연출해야 할지 아이디어가 샘솟네요."

강찬의 칭찬에 이어 다른 배우들 또한 그들을 칭찬했다. 드라이 리딩의 환경상 감정을 몰입하기 힘들 것인데도 두 사람은 훌륭히 연기해 주었다.

'너무 좋은데.'

미래의 지식을 통해 캐스팅했다지만 이 정도로 케미가 좋을 것이라고는 생각하지 못했다. 강찬은 팔뚝에 가볍게 돋은 소름을 문지르며 말했다.

"그럼 20분만 휴식하고 가겠습니다."

시나리오 전체를 리딩하는 것이었기에 2시간이 넘게 이어지고 있었다.

강찬이야 배우들의 연기를 보느라 정신없이 시간이 지났지만, 연기를 해야 하는 배우들로서는 힘이 부칠 터.

강찬이 휴식을 말하자 배우들은 자기 자리에 늘어지거나 휴게실을 찾아 나갔다. 강찬 또한 휴게실로 가려 할 때, 백중혁이 그에게 따라오라는 손짓과 함께 백중혁의 집무실로 들어갔다.

그와 함께 소파에 앉자 백중혁이 함박웃음을 지으며 물었다.

"어디서 저런 보석들을 구했나?"

"그러게요. 제가 인복이 있는 모양입니다."

"으허허허."

백중혁은 방정맞게 웃으며 자신의 허벅지를 마구 두들겼다.

"아주 좋구먼! 내년 초, 중순에 개봉한다고 했었지. 벌써 기대가 돼."

"저도 그렇습니다."

저 배우들을 데리고 만들 영화를 연출하고 편집하는 것이 벌써 기대되어 참을 수가 없었다.

마음 같아서는 당장에라도 촬영에 들어가고 싶었지만, 아직 로케이션 문제가 해결되지 않은 상태.

"시간 됐네요. 다시 들어가죠."

"그러지."

중반부가 지나 연정석의 캐릭터 '권중희'가 사기를 시작하는 부분이 시작되었다. 연정석은 지금까지 보여주던 캐릭터와 같은 느낌으로 그대로 연기했고.

그 모습을 보던 백중혁이 강찬의 귀에 대고 조그맣게 말했다.

"사기꾼 느낌이 안 사는데."

"그러네요."

연정석은 독립투사 캐릭터를 완벽히 연기해 냈다. 하지만 캘리포니아 거부를 세 치 혀로 농간해야 하는 사기꾼의 태는 보이지 않았다.

"잠시만요."

강찬이 손을 들어 연정석의 연기를 멈춘 뒤 말했다.

"좀 더 사기꾼다운…… 능청스럽고 유들유들하면서 신뢰가 가는 그런 느낌으로 해주실 수 있을까요?"

강찬의 요구에 연정석은 천천히 고개를 끄덕이더니 눈을 꾹 감았다가 떴다. 그리고 다시 연기했지만.

"다시 갈게요."

"다시."

"한 번만 더요."

몇 번의 테이크를 더 가져봤지만 연정석은 달라지지 않았다. 오히려 자신의 연기가 부족하다는 것을 깨달으며 부담감을 느끼고 있었고 그 때문에 연기가 흔들리고 있었다.

그에 반해 정희성은 사기꾼 안백을 완벽히 연기해 내고 있었다. 정희성에게 1:1 강의를 부탁해야 하나 하는 생각이 들 정도.

'문젠데.'

강찬이 만든 캐릭터 '권중희'는 묵직함 속에 있는 유들유들함이 생명인 캐릭터다. 그걸 살리지 못한다면 영화 전체가 죽는다.

강찬의 미간이 굳은 것을 본 연정석은 고개를 숙였다. 그 모습을 본 강찬은 표정을 관리하며 말했다.

"일단 이어가죠."

그의 오더에 드라이 리딩은 이어졌다. 강찬의 지적 탓일까 연정석의 연기가 더욱더 어색해지기 시작했고 그 탓에 전체적인 밸런스가 무너졌다.

"여기까지 하죠."

드라이 리딩이라는 것 자체가 대본을 전부 읽는 것에 의미를 두기보다는 배우들 간의 합을 맞춰보고 어떤 식으로 연기해야 할지 감독과 배우들이 호흡을 나누는 장이었다.

그런 면에서 오늘의 드라이 리딩은 훌륭했기에 대본을 끝까지 볼 필요는 없었다. 그보다 심각한 문제, 연정석의 무거움을 풀어줄 방법을 찾는 게 더 시급했다.

강찬은 짝, 하고 손뼉을 친 뒤 일어서며 말했다.

"오늘 참여해 주신 배우 여러분 모두 감사합니다. 여러분의 연기를 보고 있자니 벌써 어떤 영화가 나올지 기대되네요. 배우 여러분들의 표정을 보니 저와 비슷한 생각을 하고 계신 것 같아 기분이 좋네요."

강찬이 미소를 짓자 배우들 또한 마주 미소를 지었다. 고개를 숙이고 있는 한 명, 연정석을 제외하고. 강찬은 연정석을 쓱 바라본 뒤 말을 이었다.

"오늘 하루 수고 많으셨습니다. 그럼 본 촬영이 시작되는 일주일 뒤에 촬영장에서 뵙겠습니다. 감사합니다."

강찬의 인사가 끝나자 박수를 친 배우들은 회식을 할까 말까로 대화를 나누었다. 드라이 리딩이 끝나고 나면 회식을 하는 팀이 많기 때문.

보통은 스태프 측에서 회식이 있다고 말해주는데 연정석을 보며 미간을 군힌 강찬 때문에 스태프들이 회식하자는 말을 하지 못하고 있었다.

'어떻게 할까.'

강찬이 그런 분위기를 모르는 게 아니었다. 연정석의 문제가 더 중요할 뿐. 사기꾼의 기질을 단기간에 키울 방법이 뭐가 있을까.

강찬이 고민에 잠긴 사이. 배우들이 슬슬 일어나려 했고 그때. 강찬이 아, 하는 탄성과 함께 손가락을 튕겼다.

"혹시 회식을 1박 2일로 하면 참여 가능하신 분 계신가요?"

강찬의 말에 배우들의 얼굴에 의문이 떠올랐다. 1박 2일 회식이라니?

"충청랜드에서 회식을 해볼까 하는데, 당일치기는 힘들지 않습니까?"

충청랜드.

내국인에게 허용된 유일한 카지노인 강원랜드의 성공으로 인해 수많은 사람이 카지노 사업을 따내기 위해 공을 들였고 그중 유일하게 성공한 곳이 충청랜드였다.

강찬의 말에 배우들, 그리고 스태프들까지 헛웃음을 흘렸다. 몇몇은 강찬의 의도를 읽고선 호, 하는 탄성과 함께 강찬의 얼굴을 보고 있었다.

11명의 배우 중 7명의 배우가 충청랜드로 가는 것이 결정됐으며 백중혁과 강찬, 그리고 안민영까지 포함해 열 명의 사람이 충청랜드로 향했다.

충청랜드로 향하는 차 안, 백중혁이 물었다.

"연정석 배우한테 도박을 시킬 생각인가?"

"예."

"사기와 도박은 비슷한 면이 있긴 하네만…… 괜찮을지 모르겠구먼."

"연기에 목마른 사람이고, 연기가 주는 쾌락의 맛을 아는 사람입니다. 도박에 빠질 사람은 아니라고 보입니다. 그리고 저도 계속 옆에 있을 생각이고요."

"뭐 자네가 곁에 있겠다면야."

미래를 알고 있는 강찬이야 확신할 수 있었지만 백중혁은 조금 불안한 듯 보였다. 배우진이 단체로 충청랜드로 향하다니.

백중혁의 표정을 읽은 강찬이 그와 눈을 마주치며 말했다.

"그럼 기사라도 하나 내죠."

"무슨 기사 말인가?"

"괜한 잡소리 들리는 건 좀 그러니까. '현장감을 살리기 위해 카지노까지 방문한 감독과 배우들'이라는 식으로 기사 하나 내면 홍보도 되고 좋지 않겠습니까?"

강찬의 말에 백중혁이 오! 하는 탄성을 지르더니 격하게 고개를 끄덕였다. 단순히 놀러 카지노로 가면 방탕한 감독과 배우들이 되지만, 영화 촬영을 위해 간다면야 공부가 되는 법.

"아주 좋은 생각이구먼."

강찬의 아이디어가 마음에 들었는지 홀로 고개를 끄덕인 백중혁은 어디론가 전화를 걸었다.

서울에서 출발한 강찬 일행은 오후 7시가 넘어서 충청랜드 리조트에 도착해 짐을 풀었고 강찬은 일행을 모아놓고 말했다.

"저녁 식사 겸 회식은 10시쯤 하겠습니다. 그때까지는 자유 시간을 즐겨주세요."

배우들 또한 처음 와보는 이들이 많은지 신기한 눈으로 주변을 구경하기 시작했고 강찬은 연정석에게 다가갔다.

"지금 이야기 괜찮을까요?"

"예."

강찬은 연정석과 함께 카지노로 향하며 말했다.

"도박해 보신 적 있으신가요?"

"아뇨. 없습니다."

"거짓말은요?"

"……해본 적 있죠."

"이득을 취하기 위해서였나요?"

"어릴 때 누군가에게 혼나지 않기 위해서가 많았던 것 같습니다."

천천히 고개를 끄덕인 강찬이 그를 바라보며 말했다.

"이곳의 딜러들, 그리고 도박꾼들은 남의 돈을 따내기 위해

혈안이 된 사람들입니다. 물론 모두가 그런 건 아닙니다만. 전 그런 도박꾼들과 사기꾼들이 일맥상통한다고 봅니다. 자신을 감추고 남의 것을 가지려 하는 이들이니까요."

그제야 충청랜드로 온 이유를 깨달은 연정석이 아, 하는 소리를 내며 강찬을 바라보았다.

"그래서 이리로 오신 겁니까?"

"뭐, 겸사겸사죠."

놀란 눈으로 강찬을 바라보던 연정석은 이내 고개를 숙였다.

"감사합니다."

"그 감사한 마음. 저한테 쓰지 마시고 영화를 위해, 권중희를 위해 써주십시오."

카지노에 도착한 강찬은 백만 원을 인출한 뒤 모두 칩으로 바꾸었다. 그리곤 연정석에게 건네며 말했다.

"수업료, 그러니까 남의 돈이라고 생각하고 마음대로 쓰십시오. 물론 연정석 씨의 연기가 마음에 들지 않으면 이 돈, 연정석 씨 개런티에서 깔 겁니다."

강찬의 말에 연정석은 희미한 미소를 흘리더니 칩을 받아들었다. 그리곤 힘찬 발걸음으로 카지노로 들어갔다.

"오."

카지노 안은 생각보다 화려했다. 슬롯머신과 테이블들이 도처에 있었고 수많은 사람이 광기 어린 눈으로 도박을 즐기고 있었다.

"저런 눈을 원하시는 건 아니시죠?"

"그럼요."

연정석은 천천히 카지노를 돌며 사람들을 살피고 그들의 표정을 따라 하는 등 진정한 의미의 공부를 하고 있었다.

그렇게 30분쯤 걸었을까.

연정석이 블랙잭 테이블 하나를 가리키며 말했다.

"여기서 해보겠습니다."

"예. 편할 대로 하세요."

고개를 끄덕인 연정석은 곧 게임에 집중했다. 게임이라기보다는 딜러의 표정, 그리고 주변에 있는 플레이어들의 표정을 살피며 이길 때와 질 때, 그리고 많은 돈을 딸 때와 적은 돈을 딸 때 등, 상황을 판단하며 그들의 감정을 살피기 바빴다.

'그런 와중에 돈은 따네.'

테이블에 앉은 지 20분.

연정석의 돈 100만 원은 어느새 120만 원이 되어 있었다. 연정석은 거의 한 시간가량을 한 테이블에서 게임을 했고.

그의 돈이 200만 원을 넘어갈 때쯤.

"올인."

연정석은 들고 있던 모든 칩을 밀어 넣었다. 그의 얼굴에는 독립투사의 것도, 연정석의 것도 아닌 새로운 표정이 걸려 있었고.

"……음."

머리 위로는 발아의 씨앗이 피어오르고 있었다. 연기의 씨앗인지, 도박의 씨앗인지 모를 씨앗이.

촤르륵. 하는 소리와 함께 딜러가 연정석의 앞에 놓인 칩들을 가져갔다. 거의 200만 원에 달하는 돈이었지만 연정석의 얼굴에는 아쉽다는 느낌은 단 하나도 없었다.

"다 잃었네요."

오히려 개운한 느낌의 얼굴. 그는 멋쩍게 웃더니 자리에서 일어서며 말을 이었다.

"좋은 경험시켜 주셔서 감사합니다."

"느낌이 오시나요?"

"아직은 잘 모르겠습니다."

말은 잘 모르겠다 하지만 얼굴에 깃든 미소를 보아 어느 정도 감을 잡은 모양이었다.

"시간 됐네요. 식사하러 가시죠."

"그러죠."

돈을 잃은 것으로 보아 도박에 관한 발아의 씨앗은 아닌 모양이었다. 그렇다면 연기에 대한 씨앗이라는 건데.

'어지간한 재능이 있는 사람들은 전부 가지고 있는 건가.'

업계의 탑이라 불릴만한 이들. 이를테면 배혜정이나 백중혁에게도 씨앗이 있지 않을까 하는 생각이 들었다.

어쩌면 강찬이 보지 못할 뿐, 그들은 이미 자신의 씨앗을 발아시켜 강찬보다 높은 단계에 올라있을지 모른다.

'흠.'

지금까지 강찬이 본 발아의 씨앗은 총 4개.

개중 이여름은 발아가 되었으며 서대호와 정기태, 그리고 연정석은 아직 씨앗인 상태였다.

'이미 발아한 능력까지 볼 수 있다면…….'

원석을 골라내는 데 있어 한결 편해질 터. 강찬은 다음에 '그녀'를 만나면 꼭 물어봐야겠다는 다짐을 하며 식당으로 향했다.

갑작스러운 1박 2일 회식이었지만 분위기는 더할 나위 없이 좋았다. 배우들은 벌써 영화 한 편을 같이 찍은 이들처럼 친하게 지내고 있었으며 틈틈이 영화에 관한 대화를 나누는 것 또한 보기 좋았다.

편안한 분위기 안에서 회식이 마무리되었고 강찬이 방으로 돌아가려 할 때, 연정석이 강찬을 따라오며 말했다.

"강 감독님."

"예."

"혹시 내일 시간 괜찮으십니까?"

연정석이 자신에게 시간이 있냐 묻는 이유. 잠깐 생각하자 답이 나왔다.

"연기 때문이신가요?"

"예."

이 바닥에서 이름 있는 감독에게 밉보인다는 것은 사형선고나 다름없다. 그와 함께 연기하던 이들이 등을 돌린 것은 당연하고 에이전시 또한 그를 찾지 않았을 터.

연기에 관해 대화를 나눌 동료 하나 없게 된 것은 당연한 결과다.

"뭔가 감이 오신 모양입니다."

"해봐야 알 것 같습니다. '악당'에서 연기하시는 것 보니까 저보다 훨씬 잘하시던데…… 혹시 상대 배역으로 조언 좀 해주실 수 있으실까요?"

거부할 이유가 없었다.

배우가 자신의 영화를 위해 공부하고 노력한다는데 싫어할 감독이 어디 있겠는가. 강찬은 미소를 지으며 손목시계를 보았다.

시침은 이제 막 12시를 넘어가고 있었다.

"지금은 어떠세요?"

"예?"

"자고 일어나면 기껏 잡은 감이 사라질 수도 있지 않습니까. 전 괜찮으니까 연 배우님 괜찮으시면 지금 하는 것도 괜찮을 것 같아서 말입니다."

그의 말에 연정석이 반색을 하며 고개를 끄덕였다.

"저야 감사하죠."

처음에 만날 때 미심쩍은 시선을 보내던 연정석은 이미 없어졌고 지금의 그는 강찬을 섬기는 교단이라도 만들 기세의 시선을 보내고 있었다.

두 사람이 대화를 나누고 있을 때, 한 손에 맥주를 들고 있던 정희성이 다가왔다.

"엿들으려던 건 아닌데……."

영화에서 사기꾼 안백 역을 맡은 정희성은 두 사람의 시선이 자신에게 꽂히자 말을 이었다.

"저도 껴도 될까요? 2년 만에 정극이라 조금 불안해서 말입니다."

그는 2년 전 작품을 마지막으로 뮤지컬과 연극판에서 활동하던 이였다. 불안함을 이해한 강찬이 연정석을 바라보자 그가 고개를 끄덕였다.

"감사합니다."

"감사는 뭘요. 그럼 어디로 갈까요?"

"제 방으로 가시죠."

강찬은 두 사람을 이끌고 자신의 방으로 향했다.

방에 도착한 두 사람은 적당히 오른 취기를 흘리기 위해 찬물로 세수를 하거나 물을 마시고 있었다.

숙취 음료와 간단한 요깃거리를 룸서비스로 주문한 강찬이 테이블로 돌아오는 사이, 두 사람이 이야기를 나누고 있었다.

"연 배우님은 '악당' 보셨습니까?"

강찬에게 티켓을 받은 것이 떠오른 연정석이 쓴웃음을 지으며 고개를 끄덕이자 정희성이 말했다.

"전 그 영화 보고 처음 느꼈던 게 '세상은 불공평하다.' 였습니다. 누구는 스무 살에 저런 빛나는 재능으로 영화를 만들고 배우까지 하는데 나는 이 나이에 뭘 하고 있나 하는 생각이요."

강찬의 시선을 의식한 정희성은 씩 웃더니 말을 이었다.

"그다음에 든 생각이, 같이 일하고 싶다는 생각이었습니다. 자신이 만든 캐릭터를 저 정도로 살릴 수 있는 사람과 일한다면 어떤 캐릭터를 연기하든 간에 재미있겠구나. 내가 이 영화에 출연했다. 하고 자랑할 만한 영화가 되겠구나…… 하고요. 근데 그날 밤 강 감독님한테 전화가 왔습니다. 꿈인 줄 알았죠."

그의 말에 연정석이 천천히 고개를 끄덕였다.

"저도 비슷한 생각을 했습니다."

연정석이 말을 이으려는 순간, 강찬이 말을 끊었다.

"그렇게 비행기 태워주셔도 분량은 못 늘려드립니다."

"티 났습니까?"

"그럼요."

세 사람이 잠시 웃고 떠드는 사이 룸서비스가 도착했다. 숙취 음료를 한 캔씩 마신 세 사람은 테이블에 둘러앉았고.

"그럼 시작해 볼까요."

강찬의 주도 아래 야밤의 연기교습이 시작되었다.

정희성과 연정석.

두 사람은 상극이라 불러도 될 정도로 다른 캐릭터를 가지고 있었다. 외모도, 성격도 달랐기에 대립하는 캐릭터로 아주 어울린다는 생각으로 캐스팅한 것이고.

'그래서 더 좋네.'

연정석은 확실히 재능이 있었다.

"연 배우님. 너무 가셨어요."

"연 배우님, 좀 더 부드럽게. 협박이 아니라 회유를 해야 하는 신입니다."

두 시간여 카지노를 돌고 도박을 해본 것만으로 사기꾼이 가져야 할 여유가 어떤 것인지를 캐치해 냈고 그것을 자신의 연기에 녹여내고 있었다.

"좋습니다."

강찬이 어떤 느낌을 원하는 지를 바로 캐치하고 바꾸어나가는 것 또한 좋았다. 정희성 또한 자신의 연기보다는 연정석과 호흡을 맞추는 것을 중시하고 있었기에 빠른 속도로 나아지고 있었다.

아직 완벽히 자신의 것으로 만들지 못해 알갱이들이 남아있긴 했지만, 이 정도면 부드럽다 보아도 될 정도.

"이 부분이요. 권중희가 레이나드를 속이기 위해 배짱을 부릴 때."

강찬은 큼, 하고 목을 가다듬은 뒤 연기를 시작했다.

"우리 두 사람이 믿는데 그깟 도장 찍힌 종이 쪼가리가 대수요?"

그가 연기하는 '권중희'는 연정석이 연기하는 '권중희'와는 달랐다. 강찬이 만든 캐릭터이기 때문일까.

강찬이 원하는 권중희의 모습이 완벽히 겹쳐졌고 두 배우는 순식간에 강찬의 연기에 빠져들었다.

"이름이야 거창하게 계약서라지만 결국 서로를 믿지 못해 남기는 방편 아니오. 광산이 어디 도망가는 것도 아니고. 그렇다고 레이나드 당신 땅이나 다름없는 캘리포니아에서 내가 도망치기라도 할 것 같소?"

강찬 또한 어느새 '권중희'라는 캐릭터에 몰입해 연기하고 있었다. 강찬은 정희성을 레이나드라 생각하며 말을 이었다.

"나는 아쉬울 거 없소. 날 못 믿겠으면 여기서 거래 끝냅시다. 나도 날 못 믿는 사람하고는 거래할 생각 없으니."

강찬은 정말 빈정이 상한 듯 테이블을 툭툭 두들기더니 소파에 등을 기댔다. 그리곤 다리를 꼬면서 양손을 들며 하, 하는 한숨을 내쉰 뒤 자신의 뒷목을 받치며 말을 이었다.

"거~ 사람 간의 믿음이라는 게 있어야지. 이 동네 사람들은 정이 없어 정이. 동지라는 말을 알기는 하오?"

이렇게 한 컷.

연기가 끝나자 강찬은 마치 인격을 바꾸듯 권중희의 캐릭터에서 빠져나오며 본래의 표정으로 연정석에게 말했다.

"이런 느낌. 할 수 있으실까요?"

강찬의 물음에 연정석은 정희성을 바라보더니 이내 박수를 쳤다.

"대단하십니다."

"직접 출연하신 영화 보면서 알긴 했지만…… 연기 진짜 잘하시네요."

두 배우의 칭찬에 헛웃음을 흘린 강찬이 고개를 저었다.

"칭찬은 감사합니다만 그게 중요한 게 아닙니다. 연 배우님 가능하시겠습니까?"

"해보…… 아니, 해내겠습니다."

강찬의 연기에 자극을 받은 것일까, 연정석이 주먹을 불끈 쥐며 고개를 끄덕였고 다시 한번 연기교습이 시작되었다.

그렇게 4시간여.

두 사람의 캐릭터를 번갈아 연기하며 자신이 원하는 캐릭터를 보여주던 강찬은 순간 머릿속으로 들어오는 청량한 기운을 느꼈다.

'……발아다!'

새로운 능력이 생기거나 발아의 단계가 오를 때 느껴지는 감각. 청량한 기운이 뇌를 씻어주는 듯한 느낌이 가실 무렵.

[능력 단계 상승: 연기 - 2단계]

[발아 진로 선택 가능]

[선택지]

[태(態): 연기가 더욱 자연스러워지며 사소한 동작이나 대사에서도 깊은 연기가 묻어나게 된다.]

[전달: 전하고자 하는 캐릭터의 감정을 호소하기 쉬워지며 자신의 감정을 남에게 전하는 것이 더욱 쉬워진다.]

'연기구나.'

빠르게 메시지를 읽은 강찬은 곧바로 '전달'을 골랐다. 강찬이 탑스타 배우가 되려 했다면 당연히 '태'를 골랐겠지만, 그는 감독이다.

'전달'을 본 순간 배우에게 캐릭터를 이해시키기 훨씬 쉬워지겠다는 생각이 들었고 '태'에서 그것 이상의 메리트는 보이지 않았다.

강찬이 '전달'을 고른 순간.

[연정석이 연기 능력이 발아했습니다.]

[연정석]

[발아 능력: 연기 - 발아 1단계]

[특징: 타인에 의하여 발아한 상태입니다. 발아 주체의 근처에서 멀어질수록 능력의 효과가 감소합니다.]

"오."

"예?"

"아뇨. 연기가 좋아져서."

연기하고 있던 연정석은 강찬의 반응에 어리둥절한 표정을 지었다가 이내 다시 연기하기 시작했고.

'어?'

자신의 연기가 달라졌음을 체감했다.

마치 벽 하나를 뛰어넘은 느낌이랄까. 방금까지 두루뭉술하게 느껴지던 캐릭터의 감정이 자신의 머릿속에 들어오기라도 한 듯 생생하게 느껴졌다.

그 느낌을 놓치기 싫었던 연정석의 연기가 이어졌고 정희성이 그의 연기를 받아주었다. 그리고 그 또한 느꼈다.

"연 배우님, 갑자기 연기가 늘었는데요?"

"그러게요. 깨달음이라도 얻은 기분입니다."

"깨달음이요?"

"이게 말로 설명드리긴 힘든데……."

연정석의 달라진 모습에 자극을 받은 건지, 아니면 강찬의 연기를 보고 그런 건지는 몰라도 정희성 또한 불이 붙어 완벽한 연기를 펼치겠다는 열의를 뿜어댔고 결국, 연기교습은 아침까지 이어졌다.

"후…… 수고하셨습니다."

"예."

영혼까지 새하얗게 불태운 듯 지친 모습의 두 사람과는 달리 강찬은 시작할 때와 별반 다를 게 없는 얼굴이었다.

"젊음이란 좋네요."

세 사람 중 그나마 가장 나이가 많은 정희성이 앓는 소리를 하더니 자리에서 일어서며 말했다.

"엄청 피곤하네요. 그래도 오늘 유익한 시간이었습니다."

"아, 저도. 오늘 감사했습니다."

"그럼 서울에서 뵙겠습니다."

정희성이 일어서자 연정석 또한 자리에서 일어서 함께 인사를 했고 두 사람이 방을 나섰다.

두 사람을 보낸 강찬은 테이블에 남아 있는 견과류를 한 움큼 집어 입에 털어 넣으며 소파에 앉았다.

'한 명은 해결됐고.'

연정석의 연기 문제가 생각보다 빠르게 해결되었다. 그러다 보니.

'이거 욕심나는데.'

기세를 몰아 정기태를 발아시키고 또 다른 발아의 씨앗을 지닌 사람들을 찾아 발아시켜 자신의 사단에 합류시킨다면.

'흐음.'

전부터 꿔왔던 꿈을 향한 걸음에 가속이 붙은 느낌이었다.

'일단 정기태부터.'

극단에서 빼 온 정기태의 소품팀.

그들부터 완전히 강찬의 사람으로 만들어 회사에 입사시키고 나서 그다음을 생각하기로 마음먹은 강찬은 핸드폰을 쥐었다.

'바로 서울로 올라가야겠어.'

강찬은 백중혁과 안민영, 그리고 배우들에게 먼저 올라간다는 연락을 남긴 뒤 정기태에게 문자를 남겼다.

-오늘 점심때 작업실에서 뵙고 싶은데, 괜찮을까요?

밤새 연기를 한 뒤, 차를 타고 돌아온지라 피곤할 법도 했지만, 강찬에게는 '숙면'이 있었다. 차에서 두어 시간 잔 것만으로 모든 피로가 씻은 듯 가신 상태.

서울로 돌아온 강찬은 곧바로 정기태가 소속된 소품 팀이 있는 작업실로 향했다.

경기도 모처에 위치한 작업실.

강찬이 원하는 디테일을 맞추기 위해 밤낮없이 일하고 있던 정기태는 마치 시찰 나온 사장님을 대하는 투로 강찬을 맞이했다.

이런 분위기가 싫어 작업실까지 오는 것이 꺼려지기도 했지만, 그들이 만들고 있는 소품을 눈으로 확인하고 싶다는 생각에 어쩔 수 없었다.

"감독님 오셨어요?"

본드가 묻은 손을 앞치마에 문질러 닦는 모습에 헛웃음을 흘린 강찬이 작업실 내부를 보며 물었다.

"한창 일하고 계셨나 봐요."

"그렇죠."

강찬은 정기태에게 '돈이 얼마가 들어도 상관없으니 최고의 디테일을 뽑아 달라' 말했다. 굳이 디테일이 필요하지 않은 부분은 CG로 밀어버려도 괜찮다.

하지만 시대극이기에 배우들의 옷이나 그들이 사용하는 소품들의 디테일은 중요했기에 그런 부탁을 한 것이었고.

"한 번 보실래요?"

"좋죠."

정기태는 씩 웃음을 흘리며 작업실 안쪽을 가리켰다. 그의 자신만만한 태도에 기대감이 든 강찬은 곧바로 작업실 안쪽으로 발걸음을 옮겼다.

5장

세 번째 시작

테이블 위에는 적당히 손때를 탄 회중시계와 새것처럼 번쩍이는 파이프 담배가 놓여 있었다. 물건을 보는 순간 강찬의 얼굴에 미소가 번졌다.

도안을 그려서 건네긴 했지만, 이 정도로 자신의 상상과 완벽히 부합하는 물건이 나올 거라곤 생각하지 못했다.

"괜찮은가요?"

"아주 좋은데요."

강찬과 정기태를 둘러싼 채 강찬의 평을 듣고 있던 소품팀의 입에서 짧은 한숨이 터졌다. 근 일주일간 공을 들여 만든 물건에 대한 평이 좋자 마음이 놓였다.

회중시계는 연정석의 배역인 '권중희'의 것이고 파이프 담배는 정희성의 배역인 '안백'의 것이었다.

"제 상상 그대로네요."

자신의 머릿속에만 있던 게 실재하게 되었을 때, 그 기분은 형언하기 힘들다. 얼굴 가득 미소를 지은 강찬은 두 개의 물건을 마치 갓난아이를 다루듯 조심스레 만져 보았다.

"질감까지 신경 쓰신 건가요?"

회중시계는 권중희의 아버지의 유품. 그 세월의 무게가 그대로 담긴 외견이 인상적이었다.

"예. 시계 내부는 수제 시계를 만드시는 분께 부탁드렸고 외부 마감은 저희가 했습니다."

"완벽하네요……. 아주 마음에 들어요. 고생하셨습니다."

"감독님이 지원을 빵빵하게 해주신 덕이죠. 하하."

이대로 굿즈로 판다 하더라도 꽤 수요가 있을 법한 퀄리티였다. 물론 제작비용만 40만 원이 넘어가는 수제품을 굿즈로 팔순 없겠지만.

미소를 지은 정기태는 구경하고 있는 팀원 중 두 사람을 불렀다.

"이 두 사람 작품입니다."

"성소현이에요."

"민청홍입니다."

짧은 단발의 여자와 갈색 머리의 사내가 강찬에게 인사를 건네 왔다. 강찬이 인사를 받자 두 사람이 각자 만든 물건의 앞에 섰다.

“이 두 사람이 소품 만들 때 디테일을 담당합니다. 보시면 아시겠지만 실력은…….”

“두말할 것 없을 것 같네요. 혹시 이번 작품을 위해 만든 작품 말고 다른 작품도 볼 수 있을까요?”

강찬이 관심을 보이자 정기태가 함박웃음을 지었다. 지금도 최고의 지원을 해주고 있는 강찬에게 자신들의 가치를 보여 인정을 받을 수 있는 첫 번째 만남.

그 기회가 생각보다 일찍 찾아온 것이었다.

“그럼요. 이쪽으로 오세요.”

지하 작업실은 생각보다 넓었다.

이번 영화 ‘TWO BASTARDS’를 위해 제작 중인 소품들이 여기저기 보였고 정기태와 성소현, 그리고 민청홍이 번갈아 가며 설명을 해주며 어떤 방식으로 제작되었는지를 이야기해 주었다.

‘세 사람 다 똑같네.’

별로 말이 없던 사람들이 자기 작품 앞에만 서면 말이 많아진다. 이건 어떤 의도로 만들었으며 어떤 작품에 쓰인 거고, 이런 디테일이 있다며 설명하기 바빴다.

강찬 또한 한 사람의 제작자. 그들의 마음을 모르는 것이 아니었기에 미소를 지으며 들어주었다.

한 30분쯤 보았을까.

“이건 뭐죠?”

방수포로 싸여 있는 무언가가 있었다.

“아, 미완성 스태츄입니다. 보여드릴까요?”

정기태는 미완성이라 말하면서도 보여주고 싶어 견딜 수 없다는 눈을 하고 있었다. 그는 강찬의 대답을 듣지도 않고 두 사람과 함께 미완성 스태츄에 씌워져 있는 방수포를 걷어냈고.

“오.”

180㎝ 정도 되는 배트맨이 모습을 드러냈다. 그들의 말대로 미완성인지 군데군데 마감이 덜 된 곳이 보이긴 했지만, 이 정도면 꽤 훌륭했다.

“꼭 살아 있는 것 같네요.”

얼굴 부분에는 얼마나 공을 들인 건지 영화 ‘배트맨 비긴즈’의 배우 크리스찬 베일의 얼굴을 본떠 박아놓은 듯했다.

“하하, 감사합니다. 배트맨 비긴즈 보셨나요?”

“그럼요.”

강찬의 대답에 세 사람의 눈이 동시에 빛났다. 또다시 설명이 시작되려 할 때.

“허…….”

정기태의 머리 위에 있던 발아의 씨앗이 나머지 두 사람에게도 나타났다. 즉, 세 사람의 머리 위에 동시에 발아의 씨앗이 나타난 것.

마치 발아의 씨앗이 전이되기라도 한 것 같은 모습에 강찬이 헛숨을 내쉬었고 세 사람은 어리둥절한 눈이 되어 강찬을 바라보았다.

"무슨 일 있으신가요?"

"아뇨. 괜찮습니다."

소품 팀 하나에서 세 사람이 발아의 씨앗을 가지고 있다니. 강찬은 확실히 하기 위해 물었다.

"이 스태츄, 세 분께서 함께 만드신 건가요?"

"예. 배트맨 비긴즈를 보고 나서부터 만들었으니까 거의 2년 됐네요."

본업이 있으니 2년을 전부 투자하진 않았을 터, 쉬는 시간을 쪼개 틈틈이 만든 작품일 것이었다.

그렇기에 세 사람 모두 작품에 대한 자부심이 있는 것일 테고. 그것 때문에 발아의 씨앗이 모습을 드러낸 것이다.

'뜻밖의 횡재인데.'

세 사람 모두 소품 제작 쪽 발아의 씨앗을 가지고 있다면 강찬의 입장에서는 이들 모두를 데려가야만 했다.

물론 찾아보면 이들보다 실력이 좋은 이들이 있겠지만. 강찬이 원하는 인재는 완성된 인재가 아닌, 시작부터 자신과 함께할 수 있는 인재다.

그런 면에서 이들은 강찬에게 있어 최고의 인재들이다.

'근데 왜 처음부터 안 보였던 거지?'

연정석 때도 그랬다.

'능력에 대해 어느 정도 발아가 진행된 상태여야 하는 건가.'

그렇다면 나머지 두 사람의 머리에서 갑자기 씨앗이 나타난 걸 이해할 수 없다. 골똘히 생각하던 강찬은 고개를 살짝 저어 생각을 털어냈다.

일단은 이들의 발아의 씨앗이 제작에 관한 것인지를 확인하는 게 우선, 작품과 세 사람을 번갈아 보던 강찬이 입을 열었다.

"혹시 이번 영화 스태츄도 만들어줄 수 있을까요?"

강찬의 물음에 두 사람의 시선이 정기태에게 향했고 시선을 받은 정기태는 천천히 고개를 끄덕였다.

"촬영이 끝난 다음에는 가능하죠."

"두 주인공, 권중희와 안백이 등을 기댄 모습…… 뭐 그런 느낌으로요."

강찬의 말에 세 사람이 각자 구도를 생각하는 듯 눈을 굴렸고 그와 동시에 세 사람의 머리 위에 있는 발아의 씨앗이 미약하게나마 빛을 뿜었다.

'맞구나.'

발아의 씨앗은 거짓말을 하지 않는다. 확신한 강찬은 씩 미소를 지으며 말했다.

"일단 구상만 해주세요. 어차피 영화 촬영이 끝난 다음에 해야 하는 일이니까."

"아, 예. 알겠습니다."

정기태는 아쉽다는 듯 아, 하는 탄성을 흘렸지만 이내 고개를 끄덕였다. 지금 당장 중요한 건 영화니까. 강찬의 말대로 스태츄는 영화 촬영이 끝난 뒤 후반 작업 때 만들어 개봉 전에만 내놓으면 된다.

"아직 식사 안 하셨죠?"

"예."

"그럼 식사하러 가시죠."

"넵."

기분 좋은 미소를 지은 강찬은 정기태를 비롯한 나머지 소품팀과 함께 식당으로 향했다.

소품 팀과 식사를 마친 강찬은 곧바로 안민영에게로 향했다. 로케이션에 관해 대화를 나눌 게 있었기 때문.

"소품팀 만나고 왔다고 했지? 어땠어?"

"좋던데요."

강찬의 말에 안민영이 고개를 끄덕였다. 자신의 작품에 있어서만은 까다롭기가 이루 말할 수 없는 그의 입에서 좋다는 말이 나왔다는 건 진짜 좋은 거니까.

"로케이션은 어때요?"

"힘들어."

2007년. 드라마 '대장금'으로 시작된 사극 붐은 여전히 대한민국을 강타 중이었고 그 때문에 사극과 시대극 세트장을 찾는 것은 하늘의 별 따기에 가까웠다.

게다가 로케이션을 따기 위해 사극 촬영장을 이곳저곳 돌아보았지만, 강찬의 마음에 쏙 드는 곳이 없었다.

그렇기에 안민영에게 부탁해 더 찾아봐 달라 했지만 여의치 않은 모양.

"두어 군데 구하긴 했는데."

그녀가 노트북을 돌려 강찬에게 보여주었다. 전에 보았지만 2%씩 모자라 킵해 두기만 했던 장소들.

강찬의 얼굴에 서린 불만족을 캐치해 낸 안민영이 말을 이었다.

"별로지?"

"솔직히 그렇죠."

"문제네."

안민영은 흐으음. 하고 숨을 내쉬더니 기지개를 켰다.

"일단 2주 치 로케는 구했으니까 그 안에만 정하면 되긴 하는데. 그 안에 구할 수 있을까 모르겠네."

완벽을 추구하는 강찬과 함께 일하다 보니 안민영의 눈도 덩달아 높아졌다.

프로듀서로서 영화에 필요한 것들을 고민하다 보면 '강 감독이 어떻게 생각하려나.' 하는 생각이 먼저 드는 상황.

안민영이 고민에 빠져 있을 때, 강찬 또한 고민에 빠졌다.

사용 가능한 세트가 없다. 있다 한들 마음에 들지 않는다. 그렇다면 어떻게 해야 할까. 하고 고민하던 강찬이 팔짱을 낀 채 의자에 기댔고 곧 눈을 빛냈다.

'하나 만들까.'

영화 촬영용 세트를 하나 만든 뒤, 만약 영화가 흥행한다면 관광명소로 사용할 수도 있을 것이었다. 반지의 제왕 배경이었던 뉴질랜드처럼.

세트를 만들 때 가장 중요한 것은 사람과 시간이다. 그리고 이 모든 것을 한 번에 해결할 방법이 강찬에게 있었다.

'돈.'

100억이 넘는 제작비는 이 모든 것을 커버하고도 남을 터. 천천히 고개를 끄덕인 강찬이 안민영을 불렀다.

"안 PD님."

"응?"

한참을 고민하던 강찬이 안민영과 눈을 맞추며 물었다.

"바다, 산, 그리고 평야를 낀 지형이 있을까요?"

"……한국에?"

"예."

안민영은 턱을 긁적이더니 노트북을 두들기며 말했다.

"삼면이 바다고 고개만 돌리면 산이 보이는 나란데, 하나쯤은 있지 않겠어? 그런데 왜?"

"하나 만들까 해서요."

"……세트를?"

고개를 끄덕인 강찬은 옆에 놓인 A4지 하나를 꺼내 그림을 그리며 말을 이었다.

"예. 이런 식으로 삼각형 형태의 세트를 하나 짓는 거죠. 한국에서 촬영할 장소는 다 여기서 해결하는 거로."

생각지도 못한 스케일에 안민영의 입이 떡 벌어졌다.

"진심이야?"

"예. 어차피 외관만 그럴듯하면 되니까 공사 기간 한 달 잡고, 가장 필요한 부분부터 제작 시작해서 공사랑 촬영 동시에 때려 버리면 시간은 얼추 맞출 수 있을 것 같은데요."

방금 생각난 것이지만 그럴듯하다. 아니, 최고의 방법이다.

"그……."

순간 머릿속이 복잡해진 안민영은 무어라 말을 하려다 입술을 씹었다.

'가능해.'

돈만 있다면 가능하다.

유능한 미술 감독, 그리고 외주를 통해 모자란 인력을 충원한다면.

'한 달이면 충분해. 거기에 강 감독 말대로 한다면.'

만들어진 세트가 아닌, 오로지 'TWO BASTARDS'를 위한 세트를 제작해 사용한다면 영화의 완성도가 올라가는 것은 당연한 결과다.

"괜찮네."

"그렇죠?"

"생각해둔 팀은 있어?"

강찬은 손가락으로 테이블을 톡톡 두들긴 뒤 말했다.

"정기태 씨 있잖아요."

"응."

"그 사람 한번 키워보고 싶은데."

스물한 살짜리가 스태프를 키워보고 싶다는 말을 하면 누구라도 헛웃음을 지을 것이었다. 하지만 말을 한 스물한 살짜리가 강찬이라면.

안민영은 웃음기 하나 없는 얼굴로 테이블에 몸을 기대며 물어왔다.

"그럴 가치가 있는 사람이야?"

"예."

씨앗이 발아하는 순간, 저들은 어지간한 전문가 수준의 실력을 가지게 된다. 그쯤 되면 소품팀이 아니라 미술팀 전체를 맡겨도 될 정도.

강찬의 확답에 안민영이 어깨를 으쓱였다.

"강 감독이 그렇다면 그렇겠지. 근데 정기태 씨 팀이 다 커버하긴 공사가 좀 클 텐데."

"미술 감독님 한 분 구해야죠. 제작이야 어차피 단순 작업이니까 외주 줘도 되고요. 큰 틀이 어떻게 돌아가는지만 알려주면 될 것 같아요."

"정기태 씨 사람이 그렇게 괜찮아?"

강찬은 천천히 고개를 끄덕였다.

"팀 전체가 괜찮아요. 능력도 좋고 열의도 있고. 무엇보다 사람들이 괜찮아서."

사람이 좋다.

지금까지 강찬이 데려온 사람 중 문제를 일으킨 이는 없었다. 사람 보는 안목이 탁월한 건지, 아니면 인복이 좋은 건지.

"아까도 말했지만. 강 감독이 그렇다면 난 찬성이야."

"그럼 이렇게 진행하죠. 적당한 후보지 나오면 연락 주세요."

"오케이."

세트장이 완성될 때까지 일단은 세트장을 돌며 촬영을 하면 된다. 마음 같아서는 미국 로케이션이 있는 촬영을 먼저 해버리고 싶었지만 안타깝게도 정기태의 소품팀은 몸이 하나뿐이었다.

이후 안민영과 영화 제작에 대해 몇 가지 이야기를 더 나눈 강찬은 백중혁을 찾아갔다.

"세트를 만들겠다고?"

"예."

"거기에 연극 소품 제작하던 팀 데려다 치프를 맡기고?"

"치프라기보다는 학생들입니다. 제대로 된 미술 감독님의 오더를 듣는…… 이를테면 슈퍼바이저랄까요."

백중혁은 어이가 없다는 듯 허, 하고 한숨을 내쉬더니 말했다.

"정신 나간 계획이군."

"칭찬으로 듣겠습니다."

"절대 아니네만."

강찬이 씩 웃자 백중혁은 고개를 저으며 말했다.

"새로운 장난감을 찾은 아이 같은 얼굴이구먼. 억이 넘는 돈이 들 걸세."

"저 돈 많습니다."

백억 자산가에게 돈 타령을 하고 있다는 사실을 깨달은 백중혁이 관자놀이를 짚었다.

강찬은 이미 결정을 내렸고 자신을 찾아온 이유는 결정에 대한 자문이 아닌, 계획을 진행하는 방법에 대해 자문을 구하기 위함이었다.

그 차이를 깨달은 백중혁은 헛웃음을 흘렸다.

"하여간 자네는 달라."

"그것도 칭찬으로 듣겠습니다."

"이건 칭찬 맞네. 그래서 내게 원하는 게 뭔가?"

"박한길 소장님. 그분 팀을 섭외할 수 있을까요?"

박한길 영화제작소장.

VFX, 즉 CG 효과를 눈속임이라 말하며 영화에 등장하는 모든 것을 실재하는 것으로 촬영해야 적성이 풀리는 이다.

세트 제작이라면 한국을 넘어 세계적인 레벨에 오른 이. 그렇기에 그를 섭외해 정기태 팀을 가르칠 수 있다면 최고의 선택이 될 것이었다.

문제는 강찬이 그의 구애를 거절한 적이 있다는 것.

그 사실을 아는 백중혁은 소파의 손잡이를 내려치며 껄껄 웃더니 말했다.

"박한길이가 거절할 이유야 없네만."

"승낙할 이유도 없죠."

"그래. 그게 문제긴 하지. 그래도 재미있을 것 같지 않나?"

"예?"

"함께 일하자 할 때는 싫다 하더니 자네 아쉬울 때 되니 찾아가는 것 아닌가."

맞는 말이고 기분 나쁠 말도 아니다.

이 업계가 그렇다.

캐스팅을 위해 수없이 많은 배우의 포트폴리오를 받지만, 그들을 캐스팅하지 않았다 해서 배우들이 감독에게 악감정을 갖진 않는다.

이것 또한 같다.

강찬이 박한길이 아닌 백중혁을 선택했다 한들 박한길과 강찬 사이에 악감정이 생길 이유는 없었다.

물론 쉽게 넘어 와주지는 않겠지만.

"이 바닥이 원래 그렇지 않습니까?"

미소를 띤 강찬의 말에 백중혁은 씩 미소를 지으며 고개를 끄덕였다. 당장 어제의 원수가 톱스타가 되어 돌아온다면 웃으며 맞아주어야 하는 게 이 바닥이 돌아가는 법칙이었으니까.

박한길 소장.

그는 여전히 멋을 아는 노신사였다.

베이지색 페도라와 파란 셔츠, 그리고 정장 반바지에 로퍼를 신은 박한길은 노인 모델이라 한다 해도 믿을 만큼 멋들어지게 차려입고 있었다.

"오랜만이오."

"예. 오랜만에 뵙습니다."

강찬이 악수를 건네자 박한길은 페도라를 벗어 한 손에 든 뒤 다른 손으로 악수를 받았다.

"멋있으시네요."

"고맙소."

짧은 인사를 마친 두 사람이 테이블에 앉았다. 강찬이 아메리카노를 주문하자 그는 에스프레소를 주문했다.

"나랑 일하고 싶다고 들었소."

"예."

"세트만 지어달라 했다고."

"예."

"팀 하나 데리고 말이오."

"그렇습니다."

박한길은 턱수염을 쓱 쓸더니 말했다.

"얼마 줄 생각이오?"

"10% 더 드리죠."
"허허."
액수도 말하지 않았다. 그런데 10%를 더 준다니. 천하의 박한길이라도 헛웃음이 나올 수밖에 없는 배짱이었다.
"내가 얼마짜리 몸인 줄은 알고?"
"값을 매길 수 없는 분이시죠."
"허허허, 이 친구 보소."
두 문장으로 그의 얼굴에서 미소를 끌어낸 강찬의 입꼬리가 씰룩였다.
'통하나.'
돌아오기 전, 강찬은 수없이 많은 선배를 상대해 보았다. 개중에는 박한길 같은 이들도 있었다.
자신만의 개성이 뚜렷한 이들. 고집 혹은 아집이라 불리는 것을 끝까지 잡고 늘어져 개성이 된 이들.
그런 이들은 자신의 개성을 인정해 주는 것을 아주 좋아한다. 물론 어떤 사람이 자신을 인정해 주는 걸 싫어하겠느냐마는.
"박한길 소장님의 세트 제작 실력이 필요합니다."
"많은 감독이 그리 말하오. 내 실력이 필요하다고."
"그중에 박한길 소장님의 위치나 이름값을 제하고 온전히 실력만 보고 온 감독이 몇이나 되었나요?"

"허?"

마치 강찬 자신은 박한길의 실력을 정확히 알고 있으며 그렇기에 세트 제작을 맡긴다는 듯한 자신감이 섞인 말이었다.

그리고 박한길은 알고 있었다.

저 자신감 아래 실력이라는 아주 든든한 디딤돌이 놓여 있다는 것을. 그렇기에 조금의 기대감이 들기도 했다.

"자네는 안다는 말이오?"

"예."

"단언은 좋지 않은 버릇이오만."

"물론 다는 아닙니다. 하지만 박한길 소장님이 대한민국, 아니 세계를 통틀어 손가락 안에 들어가는 세트 제작자라는 것은 알고 있습니다."

박한길은 씩 미소를 지었다가 이내 미간을 구기며 말했다.

"자네가 말한 '실력만 보고 온 감독'들과 같은 이야기를 하고 있는 것으로 보이오만?"

"그들은 '세트' 제작자라고 말하진 않았을 겁니다."

"호, 그런 차이가 있군."

재미있다는 듯 페도라의 챙을 쓱 훑은 그의 손길이 에스프레소로 향했다. 쓴맛을 음미하듯 눈을 감았다 뜬 박한길은 그와 눈을 맞추며 물었다.

"농은 여기까지 하지. 자네의 제안을 처음 들었을 때 든 생각이 무엇인 줄 아오?"

"어떤 영화일지…… 는 인터뷰를 보셨다면 아셨으니 궁금하지 않으셨을 것 같습니다. 그렇다면 어떤 사람들을 맡길지를 궁금해하실 가능성이 높을 거라 생각합니다."

"그렇지. 누구요?"

그가 호기심을 보였다. 만약 강찬의 제안에 관심도 없었다면 호기심도 보이지 않았을 터. 강찬은 미소를 띠며 말했다.

"연극 세트 만들던 팀입니다."

"그런데?"

"실력…… 이라기보다는 잠재력이 뛰어납니다."

"또?"

"그리고 사람이 좋습니다."

"그게 다요?"

"사람 데려가는 이유로는 충분하지 않습니까?"

박한길은 또다시 헛웃음을 흘렸다. 강찬과 이야기한 지 10분 만에 3번째.

"사람 놀리는 재주가 있어. 그래. 이유로는 충분하지. 그렇다면 내가 얻는 건 무엇이오?"

"돈 그리고 명성입니다."

"둘 다 충분하다 못해 넘치는 실정이오만."

"전자는 그렇지만 후자는 조금 다를 거라 생각합니다. 요즘 제작에 참여하신 영화 중에 흥행작이 없지 않으십니까?"

다시 한번 헛웃음. 그의 말이 맞다. 6년 전, 대박을 터뜨렸던 '보물' 이후로 4개의 영화 제작에 참여했지만 중박을 쳤을 뿐, 대박을 친 작품은 없었다.

그렇다고 그의 작품을 보는 눈이 사라진 것은 아니다.

단지 운이 좋지 않았을 뿐. 그렇게 생각하던 차 강찬이 나타났고 그를 잡으려 했던 이유도 그것이었다.

다음 작품은 흥행을 시켜야만 그의 명성이 유지될 것이기에.

'그걸 알고 한 말인가.'

고작 21살짜리 아이가 이 모든 상황을 꿰고 하는 말일까. 박한길의 눈에 궁금증이 서렸을 때, 그는 자신이 졌다는 사실을 인지했다.

대화를 시작한 이후 주도권을 잡은 적이 없다. 하물며 질문을 받은 적도 없다.

분명 아쉬운 사람은 강찬인데 두 사람의 대화를 보고 있자면 박한길이 아쉬운 사람인 것처럼 보였다.

"재미있군."

"저와 함께하시면 훨씬 더 재미있으실 겁니다."

"골치만 아플 것 같소만."

"그게 사람 사는 재미 아니겠습니까?"

결국, 그는 호탕한 웃음을 터뜨렸다. 손을 올리고 있던 페도라가 구겨지도록 낄낄 웃은 그는 하, 하고 심호흡을 한 뒤 물었다.

“백중혁이 시나리오요?”

“아뇨.”

“그럼?”

“이 대화를 만든 이가 누구냐 물으시는 것이라면 접니다.”

“호…… 누구의 조언도 없이?”

“예.”

굳이 따지자면 불혹이 지나고서도 대표작이 없었던 감독의 조언이 있긴 했다. 이제는 아니지만.

박한길은 만족스럽다는 듯 미소를 지었다.

“아까도 말하지만 난 비싸오.”

“20% 더 드리죠.”

얼마 전, 박한길이 강찬을 픽업하려 할 때 썼던 수작이다. 그가 즐겨 쓰는 수법이기도 하고. 박한길은 이마를 짚은 채 으허허 하고 웃더니 손을 내밀었다.

“골치 한 번 아파보지.”

“감사합니다.”

박한길과 손을 맞잡은 강찬의 얼굴에 미소가 번졌다.

‘됐다.’

그 날 저녁, 안민영에게 전화를 받은 강찬이 영일 미디어아츠 본사를 찾았다. 회의실로 들어가자 서류를 넘기고 있던 그녀가 안경을 벗으며 강찬을 맞이했다.

"왔어?"

"예."

그녀는 눈이 피로한지 손가락으로 두 눈두덩이를 문지르며 말했다.

"장소 찾았어. 보령시."

"충남 보령이요?"

"알아?"

"머드 축제랑 녹차가 유명한데 아닌가요?"

"……녹차는 보성 아냐?"

"보령도 유명했던 거 같은데."

두 사람은 서로를 바라보며 고개를 갸웃하다가 이내 고개를 저었다.

"그게 중요한 게 아니지."

"조금 궁금하기도 한데. 어쨌거나 서울에서가면 대충 세 시간 정도 걸리나요?"

"그 정도."

그녀가 장소를 찾았다 말했다는 것은 토지 매입에 관한 준비까지 끝났다는 소리일 터.

"그럼, 거기로 하죠."

"실측 한 번 안 가봐도 되겠어?"

"안 PD님이 다녀오신 거 아니에요?"

"그건 또 어떻게 알았대."

강찬이 씩 웃자 안민영이 짧게 혀를 찼다.

"강 감독이 원하는 만큼의 면적은 바로 구매 가능할 것 같아. 영진위 지원도 받을 수 있을 것 같고 또……."

그녀의 브리핑을 듣고 있던 강찬은 그녀의 말이 끝나자 말했다.

"고마워요."

"그리고…… 뭐?"

"감사하다고요. 생각해 보니까 항상 감사할 일만 부탁하면서 감사하다는 인사는 드린 적 없는 것 같아서."

안민영은 미소를 짓더니 강찬의 머리를 마구 헝클어뜨렸다.

"난 무형적인 것보단 물질적인 감사를 더 좋아하는 사람이야."

"아, 맞다. 이참에 회사 옮기시죠."

"그거 벌써 만들었어?"

“예. 올 타임 미디어. 설립됐어요.”

“……번갯불에 콩 구워 먹는 것도 아니고 이렇게 빠르게?”

“전문가들한테 맡기니까 금방이던데요.”

하긴, 하고 고개를 끄덕인 안민영은 강찬과 자신의 목에 걸려 있는 영일 미디어아츠 사원증을 번갈아 보았다.

“몇 퍼센트 더 줄 건데?”

“원하시는 만큼 드려야죠.”

졸부 같은 말투에 안민영이 짧게 혀를 찼다.

“강 감독 돈 좀 벌더니 아주 거만해졌어.”

“원래 위치가 사람을 만드는 거 아니겠습니까?”

“어휴…….”

“그럼 잘 부탁드리겠습니다.”

“그래.”

다음 날.

강찬은 정기태에게 전화를 걸어 그의 팀과 약속을 잡았다.

저녁 무렵의 한식당. 이야기와 식사, 그리고 술까지 한 번에 해결할 수 있는 장소에 강찬과 정기태의 팀이 모였다.

간단한 인사를 나눈 강찬은 곧바로 본론을 꺼냈다.

"촬영 계획표 받으셨죠?"

"예."

"보셨다면 아시겠지만, 한국 촬영이 3개월, 미국 촬영이 6개월입니다. 한국 촬영 시작은 다음 주고요."

정기태는 기억을 더듬는 듯 천천히 고개를 끄덕이더니 강찬을 바라보았다. 무슨 말을 하려는 지 궁금한 눈치.

"오픈 세트가 하나 필요합니다."

"예."

"하나 만들어주시죠."

"……예?"

"쿨럭!"

강찬과 정기태의 대화를 듣고 있던 그의 팀원 중 하나가 사레가 들려 쿨럭거리기 시작했지만, 그에게 신경 쓰는 이는 사람은 없었다.

"오픈 세트를요?"

"예. 도안을 그려왔는데……."

강찬은 미리 그려두었던 도안을 꺼내려다가 음식이 올려져 있는 식탁을 보고 다시 집어넣으며 말했다.

"일단 식사 마치고 이야기 나누죠. 간단히 말씀드리면 삼각형 형태의 마을입니다. 한 면은 바다를, 한 면은 평야를, 한 면은 산을 바라보고 있는 위치죠. 즉, 카메라의 위치에 따라 어느 장소든 연출할 수 있는 위치입니다."

위치를 말한다는 것은 이미 로케이션을 따뒀다는 소리. 강찬의 말이 이어지자 정기태는 숟가락을 놓았고 그것을 본 강찬이 이으려던 말을 끊었다.

"대충 그림이 그려지시죠?"

"예…… 말 그대로 대충입니다만. 저희는 소규모 세트, 아니면 소품 같은 것만 만들어봤지 마을 단위의 세트를 만들어본 적은 없습니다."

"처음부터 잘하는 사람이 어디 있겠습니까."

미리 준비한 듯한 강찬의 대답에 정기태가 마른 침을 삼켰다.

자신에게 좋은 기회임은 분명하다. 이번 일로 많은 것을 배울 수 있을 테니까. 하지만 영화 촬영은 배움의 장소임과 동시에 시험의 장소다.

이번 일을 그르친다면?

'상상하기도 싫다.'

한국 내에서 강찬의 영화에 대한 기대감은 하늘을 찌르고 있다. 아니, 한국뿐만이 아니다. 선댄스에서 심사위원 대상을 탄 이의 차기작이기에 해외의 이목 또한 집중되고 있는 상태.

정기태 팀이 먹는 둥 마는 둥 식사를 마치자 그릇이 치워지고 술상이 차려졌고 강찬이 다시 일 이야기를 꺼냈다.

"말씀드리는 게 좀 늦긴 했습니다만. 한길 영화제작소가 정기태 씨 팀을 서포트할 겁니다."

그럼 그렇지 하고 고개를 끄덕이던 정기태의 미간이 찌푸려졌다.

"저희가 한길 영화제작소를 서포트 한다고요."

"아뇨. 한길 영화제작소가 정기태 씨 팀을 서포트 한다고요."

"……왜요?"

"저는 정기태 씨 팀이 우리 회사에 아주 큰 도움이 될 거라 믿거든요."

다시 한번 왜냐 물으려던 정기태가 입술을 굳게 다물었다. 자신은 아직 강찬에게 보여준 게 없었다.

고작해야 연극과 라이터 그리고 회중시계 정도.

아직 영화계에는 발도 디뎌보지 못한 팀을 왜 믿고 키워주려 한단 말인가. 정기태는 의문이 가득 담긴 눈으로 강찬을 바라보았고.

'셋이나 발아를 할 거니까 그렇지.'

강찬은 미소를 지었다.

물론 입 밖으로 낼 수 있는 말은 아니다. 그렇기에 미소를 지을 수밖에. 너의 잠재력이 보인다는 말 대신.

"물론 제 기대만큼 못하신다면."

뒷말을 잇진 않았다.

인생에 로우 리스크 하이 리턴은 없다. 투자한 만큼 벌게 마련이고 큰 기회에는 큰 책임이 따르는 법.

"하시겠습니까?"

강찬의 물음에 정기태는 강찬이 아닌, 자신들의 팀원을 바라보았다. 한 명 한 명 눈을 맞춘 그는 천천히 고개를 끄덕이더니 말했다.

"다른 분들은 어떻게 생각하십니까?"

말을 마친 그는 한 명 한 명 눈을 맞춰가며 그들의 의사를 확인했고 그 모습에 강찬의 입가에 절로 미소가 번졌다.

유유상종, 근묵자흑이라고 사람을 볼 때는 그 사람의 주변 사람을 보라는 말이 있다.

그리고 강찬은 그보다 정확하게 보기 위해서는 아랫사람을 대할 때의 태도를 보아야 한다 생각했다.

그런 면에서 정기태는 확실한 것처럼 보였다.

'만약 그가 거절한다면 이유는 딱 하나.'

내가 잘할 수 있을까 하는 부담감 때문이다. 만약 부담감을 이겨내지 못하고 하지 않겠다 하면 굳이 잡을 생각은 없었다.

발아의 씨앗을 가진 세 명이 아쉽긴 했지만. 그렇다고 제 발로 굴러온 호박 넝쿨을 발로 차버리는 멍청한 사람과 함께할 순 없으니.

모든 팀원과 조율을 마친 정기태는 강찬을 보며 말했다.

"하겠습니다."

그의 대답에 강찬은 그럴 줄 알았다는 듯 그에게 손을 내밀며 말했다.

"올 타임 미디어에 입사하신 걸 축하드립니다."

'TWO BASTARDS' 촬영이 시작된 지 한 달이 지났다.

지난 한 달.

강찬 사단은 하루가 멀다고 촬영지를 옮겨가며 영화를 촬영했다.

사극 붐 때문에 로케이션의 예약 일정은 빡빡하다 못해 터져 나가는 상황이었고 1분이라도 지연되려는 기미가 보이는 순간 뒤 타임의 감독이 직접 찾아와 강찬에게 부탁했다.

제발 빨리 끝내달라고.

그렇게 전쟁 같은 한 달이 끝났을 때. 드디어 충남 보령에 세트장이 완성되었다. 세트장의 이름은 ATM & 한길 영화 세트 단지.

강찬과 배우, 그리고 스태프들이 처음으로 어마어마한 규모의 세트 단지로 들어섰다.

"……크."

"죽이네."

"와."

"대박."

"무슨 마술을 벌인 거야."

"돈이라는 마술이죠."

"하긴 돈이면 다되긴 하지."

배우와 스태프들이 경악 어린 눈으로 세트장을 바라보고 있었다. 소규모 놀이공원만 한 면적이 전부 세트였다.

"무슨 타임머신 탄 것 같네."

"진짜. 디테일 봐."

건물 자체는 가건물이었기에 내부가 텅 비어 있거나 나무판으로 만들어진 것이 대부분이었지만 겉으로 봐서는 전혀 티가 나지 않았다.

그만큼 디테일에 신경을 썼다는 방증.

대로를 걷는 강찬 또한 20세기 중반으로 돌아온 듯한 묘한 기분을 느끼고 있었다.

그렇게 한 바퀴를 도는 데만 30분이 넘게 걸렸다. 3개의 구역 중 이제 하나가 완성되었으니 전부 완성되면 어마어마한 크기가 될 터.

십억 단위가 넘는 돈이 들어갔지만, 전혀 아깝지 않았다. 이만한 세트 단지라면 국내 최대 규모.

앞으로 국내에서 시대극을 찍고자 하는 감독이 있다면 무조건 ATM & 한길 영화 세트 단지를 찾을 수밖에 없을 것이다.

구경을 마친 강찬 사단은 세트 단지 중앙에 마련된 쉼터로 향했다. 오늘은 세트 단지 개장의 첫날이었기에 공사 총괄을 맡은 박한길 또한 강찬 사단과 함께하고 있었다.

강찬은 박한길에게 음료를 건네며 말했다.

"한 달 만에 이만한 크기에 이만한 퀄리티라니. 엄청나네요."

강찬의 말에 박한길 소장이 짧게 혀를 찼다.

"아직 모자라오."

"예?"

"생각보다 공사 기간이 길어질 것 같소. 뭐 촬영에 지장이 없게 진행하긴 할 터이니 너무 걱정하진 마시오."

"예."

장인 정신을 발휘해 더 완벽하게 하면 했지 돈 가지고 장난칠 사람은 아니기에 외려 믿음이 갔다.

"그럼 잘 부탁드리겠습니다."

강찬의 말에 박한길은 고개를 돌려 정기태 팀을 가리키며 말했다.

"나 말고 저 친구들에게 부탁하시오. 실무를 담당하는 이들은 저들이니."

지난 한 달, 세트 단지를 지으며 동고동락한 것이 효과가 있는지 박한길은 정기태 팀을 친구들이라 부르고 있었다.

자신의 마음에 들지 않으면 '저치'라 부르는 그에게 친구라 불리는 것은 인정을 받는 것이나 다름없다.

씩 미소를 지은 강찬이 고개를 끄덕이곤 정기태 팀에게 다가가 말했다.

"고생하셨습니다."

"고생은요. 매일 기쁜 마음으로 배우고 있습니다."

"말은 그렇게 하셔도 얼굴은 반쪽이신데요."

"원래 배움이라는 게 고된 것 아니겠습니까."

정기태가 사람 좋게 웃었지만, 그의 눈 아래 짙게 새겨진 기미까진 가리지 못했다. 그리고 그들의 머리 위로는 더욱 선명한 발아의 씨앗이 자라 있었다.

앞으로 몇 번의 자극만 더 주면 발아할 것 같은 모양새.

"그렇게 생각해 주시면 감사하죠."

대답 대신 미소를 지은 그는 음료를 들어 보이며 잘 마시겠다 말했다. 그들의 테이블에서 뒤로 돈 강찬의 시야 가득 세트 단지의 모습이 들어찼다.

"하."

영화 한 편을 찍기 위해 세트 단지를 만든다.

돌아오기 전이라면 상상도 하지 못했을 일을 보란 듯이 해내고 있었다.

'이제 앞으로 두 달.'

두 달이면 한국에서의 촬영이 끝날 것이고 미국에서의 촬영이 시작될 것이었다. 그때쯤이면 세트 단지에 관한 기사가 나갈 것이고 이곳은 문전성시를 이루게 될 터.

'그때쯤 인터뷰 하나 더 해야겠네.'

대중들의 관심이 식어갈 때쯤, 하나 더 터뜨려 다시 한번 이목을 끌어두는 것도 좋을 것이었다.

세트 단지를 바라보며 상념에 잠겨 있던 강찬은 눈을 꾹 감았다가 떴다. 그리곤 짝짝 손뼉을 쳐 모든 스태프와 배우들의 이목을 집중시킨 뒤 말했다.

"자, 그럼 촬영 시작합시다!"

1942년 부산의 항구.

제복을 입고 칼을 찬 순사들이 창밖으로 돌아다니고 있었다. 창밖을 보고 있던 권중희는 발을 내려 창을 가린 뒤, 방 안을 바라보았다.

방 안에는 권중희와 이덕혜, 그리고 한 명의 독립군 동지까지 총 세 명의 사람이 있었다. 권중희가 이덕혜와 독립군 동지가 앉아 있는 탁자로 다가오자 독립군 동지가 말했다.

"배의 표와 신분증입니다."

이덕혜와 권중희, 두 사람이 미국 캘리포니아로 가기 위한 배의 표. 그리고 두 사람이 부부이며 일본에 귀화한 한국인이라는 것을 증명하는 신분증이 탁자에 올려졌다.

다카무라라 쓰인 신분증을 보고 있던 권중희가 입술을 한 번 씹더니 신분증과 배의 표를 품에 챙기며 말했다.

"다녀오겠습니다."

"제일 중요한 건 두 동지의 몸입니다. 부디 몸 성히 돌아오십시오."

권중희가 고개를 끄덕이자 독립군 동지가 손을 내밀었다. 악수를 마친 권중희는 모자를 푹 눌러쓴 뒤 이덕혜와 함께 안가 밖으로 나섰다.

일본 순사들의 눈을 피해 미국으로 향하는 배에 오른 권중희와 이덕혜가 부산을 돌아보았을 때.

타타탕!

"ここだ! (여기다!)"

"つかまえろ! (저놈 잡아라!)"

총소리와 함께 날이 선 일본 순사들의 고함이 높게 울렸다. 권중희는 당장에라도 배에서 뛰어내릴 듯 난간을 붙잡았지만.

"가야 해요."

그의 옆에 있던 이덕혜가 권중희의 팔을 꾹 붙잡았다. 그녀의 말에 권중희는 눈을 꾹 감았다가 뜨며 긴 숨을 내쉬었고 그 모습을 본 이덕혜가 말했다.

"잘 생각하셨어요."

"바람이 차오. 들어갑시다."

권중희, 아니 연정석의 대사가 끝난 순간.

"오케이! 컷!"

메가폰을 들고 있던 강찬이 오케이 사인을 내림과 동시에 박수를 쳤다.

"아주 좋아요."

카지노에 다녀온 후, 정확히는 연기 능력이 발아한 후 연정석의 연기는 물이 올랐다.

연정석 자신 또한 연기가 늘었다는 것을 인지하는지 더욱 자신감 넘치게 연기를 펼쳤고 그 덕에 촬영장의 배우들 사이에는 묘한 기 싸움이 붙었다.

중견 배우들이 중고 신인보다 연기를 못한다는 소리를 들을 순 없으니 더 잘하기 위해 연습을 하고 캐릭터를 이해하기 시작했고 그 덕을 보는 건 강찬이었다.

"수고하셨습니다!"

방금 장면을 마지막으로 한국에서의 촬영이 종료되었다.

강찬의 인사를 시작으로 스태프들과 배우들이 서로 수고

했다는 인사를 나누고 있었고 강찬은 그들을 보며 생각에 잠겼다.

첫 촬영이 있던 4월 이후 세 달이 지나 7월이 되었다.

강찬의 데뷔작 '악당'은 한 달 만에 470만 관객을 동원했고 세 달이 지나 스크린에서 내려온 지금. 최종 스코어는 510만이었다.

영화 '악당'의 고공행진으로 인해 한국 영화계는 술렁였으며 해외 매체 또한 강찬이라는 감독에게 집중하기 시작했다.

해외 판권 계약을 따내기 위해 찾아오는 해외 바이어들 덕분에 백중혁의 입가에서는 미소가 떠날 날이 없었으며 강찬 또한 늘어가는 회사 통장 잔고에 기쁨을 감출 수 없었다.

세 달로 예정되어 있던 세트 단지 공사는 한 달이 연장되었지만, 박한길의 확언대로 영화 촬영에 문제가 되진 않았다.

박한길이 원하는 것은 디테일.

강찬의 눈에는 충분히 완성되었다고 생각한 현장에서도 디테일을 찾아 더하는 그의 안목과 실력에는 감탄을 터뜨릴 수밖에 없었다.

박한길의 밑에서 그의 기술을 배운 정기태 팀은 몰라볼 정도로 실력이 늘었지만, 그에 반비례해 몸은 점점 말라 갔다.

그리고 가장 큰 수확은 세 명 전부 발아했다는 것이다.

[정기태]

[발아 능력: 제작 - 발아 1단계]

[특징: 타인에 의하여 발아한 상태입니다. 발아 주체의 근처에서 멀어질수록 능력의 효과가 감소합니다.]

나머지 두 사람, 성소현과 민청홍 또한 같은 '제작' 능력을 발아했다.

이로써 강찬이 발아시킨 사람은 총 다섯. 이대로만 간다면 강찬만의 사단을 꾸리는 꿈도 곧 이루어질 것 같았다.

강찬이 생각에 잠긴 사이, 스케줄을 확인하고 있던 안민영이 강찬에게로 다가와 말했다.

"조금 아쉽네."

"뭐가요?"

"세트 단지. 뭔가 한 번 쓰고 떠나려니까 아쉬워."

"언젠가 시대극 찍을 때 또 오면 되죠. 어차피 제 건데."

그의 말에 안민영이 눈을 흘겼지만, 강찬은 어깨를 으쓱여 보일 뿐이었다.

"사람이 사실만 말하는데도 이렇게 얄미워 보일 수가 있다는 걸 강 감독 덕분에 처음 알았어. 고마워."

"칭찬으로 듣겠습니다."

"그놈의 칭찬은……."

"한 번 사는 인생 낙천적으로 살아야죠."

"너무 낙천적인 것도 문제인 거 알아?"

"그렇게 하나하나 따지고 살면 주름 늘어요."

결국, 화가 난 안민영이 이를 드러내자 강찬은 씩 웃으며 농담, 농담하고 말했다. 그러자 짧게 한숨을 쉰 안민영이 '내가 강 감독 때문에 늙어.'라며 한탄을 늘어놓다가 아, 하는 소리와 함께 말을 이었다.

"내일이지?"

"완공 행사요? 예."

"잘하고 와."

"안 PD님은 내일 미국 가시죠?"

"응. 먼저 가서 확인해야지."

"역시 안 PD님밖에 없습니다."

"윤가람 PD 미국에 가 있는 거 까먹은 건 아니지?"

"그럼요. 제 마음속 한구석에 항상 계신걸요."

안민영이 강찬의 곁에서 그를 보조하며 영화 제작 외적인 것을 돕고 있다면 윤가람 PD는 미국 현지에서 모든 것을 조율하고 있었다.

현지 스태프와 숙소, 식사와 로케이션 계약까지 모든 것을 그가 하고 있는 것이다.

초창기에는 하루가 멀다고 전화를 해서 조언을 구하던 윤가람 PD였지만 세 달이 지난 지금. 그는 능숙하게 계약을 처리하고 있었다.

"이번 영화 끝나면 좋은 데로 휴가 한 번 가죠."

"……휴가를 상사랑 가자고?"

"따로 가셔도 되고요."

"휴가비는 강 감독이 주는 거지?"

"그럼요."

"보너스도 주고?"

"오백만 넘으면요."

"그건 당연하지."

그제야 미소를 지은 안민영이 좋아, 하고 말하더니 자리에서 일어섰다.

"그럼 잘 마무리하고, 미국에서 봐."

"네. 그쪽 현장도 잘 부탁드리겠습니다."

"오케이."

다음 날.

[ATM & 한길 영화 세트 단지 완공 행사]

세트 단지의 간판 아래 거대한 현수막이 걸렸으며 간이 단상이 설치되었다. 그 앞으로는 100석이 넘는 플라스틱 의자들이 놓여 있었다.

그리고 단상 위에는 강찬과 박한길이 올라가 있었으며 먼저 마이크를 잡은 박한길이 입을 열었다.

"ATM & 한길 영화 세트 단지 완공 행사에 참여해 주신 모든 분께 감사의 인사를 드리며……."

지루하고 긴 개회사와 감사의 인사가 이어졌다. 거의 10분에 걸린 개회사 후 '감사합니다'라는 말과 함께 말을 끝낸 박한길이 물러서자 강찬이 마이크를 잡았다.

"단상에 오르기 전, 박한길 소장님과 개회사 파트를 나누었습니다. 근데 박한길 소장님이 제 파트까지 다 읽어버리시는 바람에 제가 읽을 파트가 없어졌네요."

조금 길다는 생각을 하긴 했지만 그런 비화가 있을 줄이야, 하는 생각에 기자 몇이 웃음을 터뜨렸다.

"그러니 영화 홍보나 해야겠습니다. 국내 최대 규모의 ATM & 한길 영화 세트 단지는 시대극을 위해 지어진 세트 단지입니다. 좀 더 정확히 말씀드리자면 영화 'TWO BASTARDS'를 위해 만들어진 세트 단지죠."

말을 마친 강찬은 양손을 들어 세트 단지를 가리키며 말을 이었다.

“이 거대한 세트 단지 전체가 영화 한 편을 위해 만들어진 겁니다. 기대되지 않으십니까? 이런 세트를 지어가면서까지 만든 영화가 무엇을 보여줄 것인지.”

그의 말에 사방에서 플래시 세례가 쏟아졌다. 강찬은 잠시 자세를 유지하며 포토 타임을 가졌다.

기자들은 어느새 강찬의 능력 ‘연설’에 빠져들어 있었다. 귀로는 강찬의 말을 들으며 빠르게 기사를 쓰고 있는 이들이 대부분.

‘홍보는 확실하겠네.’

강찬은 감사하다는 말과 함께 단상을 내려왔고 행사가 진행되었다. 직접 안내를 맡은 강찬이 기자들을 데리고 돌아다니며 세트 단지의 구석구석을 소개해 주었고 그들의 질문에 대답해 주었다.

“겉으로 봐서는 진짜 20세기 건물 같네요.”

“뒤돌면 또 완전 달라요. 이쪽은 진짜 항구 같아요.”

“와…… 신기하네.”

세트 단지는 원형으로 지어져 있었으며 세 구역으로 나누어져 있었다. 바다를 보고 있는 항구 마을과 산을 보고 있는 시가지, 그리고 들을 보고 있는 농촌이었다.

세트 단지의 정중앙에 서면 세 개의 구역을 한 번에 볼 수 있었는데 그곳에서 보는 광경은 절경이라 하기 부족함이 없었다.

"신기하네."

"그러게요. 박한길 소장님이 직접 제작에 참여하셨다더니, 디테일이 엄청나요."

기자들은 제각각 대화를 나누며 사진을 찍기 바빴고 어떤 이들은 그대로 앉아 곧바로 기사를 올리기도 했다. 그런 그들을 보는 강찬의 입가에서는 미소가 떠날 줄 몰랐다.

행사를 마친 강찬은 몇몇 기자들과 인터뷰까지 진행한 후에야 모든 일정을 끝낼 수 있었다.

성공적으로 완공 기념행사를 마친 날의 밤.

집으로 돌아온 강찬은 곧바로 인터넷을 켜고 기사를 검색해 보았다.

[ATM & 한길 영화 세트 단지를 다녀오다.]

[한국 영상 산업의 혁명, 세트 단지의 미래. ATM & 한길 영화 세트 단지.]

[떠오르는 샛별 강찬 감독. 그를 집중 탐구하다.]

[ATM & 한길 영화 세트 단지 오픈과 동시에 대여 문의 폭주.]

[관광지로의 가능성은? 충남 보령, 한국의 할리우드 노리나.]

시간 가는 줄 모르고 모든 기사를 빠짐없이 읽은 강찬은 만족스러운 표정으로 노트북을 덮었다.

'좋아.'

이 정도면 ATM & 한길 영화 세트 단지에 대한 홍보로는 완벽했다. 이제 수많은 감독과 프로듀서들이 세트 단지를 찾을 것이다.

그리고 그들 중, 몇몇은 강찬에게 접근해 올 것이 자명한 사실. 강찬은 제 입맛에 맞는 이들을 골라 인맥을 쌓아가면 된다.

이제 남은 것은 'TWO BASTARDS'의 흥행. 이것만 해낸다면 강찬은 그 누구도 무시하지 못하는 감독으로 성장할 수 있을 것이었다.

에어컨이 도는 비행기에서 내리자마자 새로운 공기가 그의 폐부를 가득 채웠다. 한국과는 확연히 다른 공기에 몇 번이나 심호흡을 한 강찬이 하늘을 올려보았고 맑고 청명한 하늘이 그를 맞이했다.

"후."

로스엔젤레스. 일명 LA.

미국 전체에서 뉴욕에 이어 두 번째로 인구가 많은 도시이자 할리우드가 위치한 도시이기도 했다.

그 때문에 영화 관련 산업이 세계에서 가장 발달한 도시이기도 하며 세계 유수의 감독들이 모여 있는 곳이다.

강찬이 출국장을 통해 밖으로 나오자 피켓을 들고 있는 윤가람이 보였다. 오랜만에 보는 그는 그간의 노고를 온몸으로 말하듯 구릿빛 피부가 되어 있었다.

"강 감독님!"

"오랜만입니다."

반갑게 악수를 나누고 공항 밖으로 나가 차에 오르자 윤가람이 말했다.

"고생하셨습니다."

"고생은요."

"어우, 전 비행기 탈 때마다 고역이더라고요."

인천 공항에서 미국까지 11시간 동안 이코노미석에 앉아 있는 건 확실히 고역이긴 하다.

"그럼 바로 숙소로 가실 건가요?"

"다른 분들은요?"

운전대를 잡고 있던 윤가람은 아, 하더니 말을 이었다.

"배우들은 다 도착해서 시차 적응한다고 쇼핑 다니고 있고…… 스태프들도 비슷합니다. 현지 스태프들과의 계약은 끝났고 사흘 후부터 촬영 시작입니다."

"시청은요?"

"구역 통제 신청 허가까지 떨어졌습니다."

미국, 개중에서도 LA는 영화 산업에 너그럽기로 유명하다. 시청에 미리 신청만 해둔다면 구역의 통제는 물론이거니와 경찰들까지 동원해 영화 촬영에 도움을 주곤 했다.

"그럼 올 스탠바이인 건가요?"

"예."

즉, 사흘간은 완벽한 휴가라는 뜻이었다.

물론 촬영 시작 하루 전에는 로케이션을 돌아보며 촬영 준비를 해야 하겠지만. 천천히 고개를 끄덕인 강찬이 말했다.

"윤 PD님 스케줄은 어떻게 되십니까?"

"오늘은 프리합니다만. 어디 가시려고요?"

그의 말에 씩 미소를 지은 강찬이 말했다.

"LA까지 왔는데 할리우드는 한 번 가봐야 하지 않겠습니까?"

"그럼 할리우드로 갈까요."

"그러죠."

윤가람 또한 할리우드에 간다는 말에 신이 났는지 싱글벙글 웃으며 핸들을 돌렸다. 강찬은 조수석에 앉아 창밖을 바라보며 생각에 잠겼다.

'할리우드에는 어떤 사람들이 있으려나.'

혹, 발아의 씨앗을 가진 사람이 있다면 포섭할 수 있지도 않을까. 영화인들의 성지라 불리는 할리우드는 과연 어떤 모습일까.

수많은 생각의 홍수 속 넘쳐나는 기대에 강찬의 가슴이 거세게 뛰기 시작했다.

◀ 6장 ▶

할리우드에서 생긴 일(1)

할리우드.

로스엔젤레스 교외로 영화 산업이 들어오기 전까지는 인구수가 천 명도 되지 않는 작은 마을이었다.

하지만 1908년 영화특허회사가 설립되며 수많은 독립 영화사가 할리우드를 찾아왔고 그때부터 할리우드의 진정한 역사가 시작되었다.

1920년까지 할리우드 주변에는 50여 개의 스튜디오가 세워졌다.

각 스튜디오는 영화 제작에 필요한 다양한 기능을 완벽하고 신속하게 구현하기 위해 역할의 분업. 즉, 감독과 촬영기사, 음악가와 배우 등 수많은 직업을 만들어냈다.

그 결과 할리우드에 있는 50여 개의 스튜디오가 미국 영화의 90% 이상을 제작하는 기염을 토해냈으며 이를 기반으로 20세기 폭스, MGM, 파라마운트, 유니버설, 워너브라더스, 콜롬비아 등 수많은 영화사가 기반을 다지는 계기가 되었다.

이렇게 시작된 할리우드는 2차 세계대전이 일어나며 주춤하나 싶었지만, 그에 굴하지 않고 다시 딛고 일어서 지금의 입지를 완성해나가기 시작했다.

1993년에는 거의 80억 달러에 달하는 수익을 올렸으며 DVD와 홈비디오, 케이블 영화 채널과 텔레비전으로 이어지는 배급 라인과 캐릭터 산업과의 연계 등으로 어마어마한 수익을 올리기 시작했다.

그리고 지금의 할리우드는 미국 제2 수출 품목으로 세계 시장의 70%를 점유하고 있으며 세계 시장에서 총 수익 40% 이상의 돈을 벌어들이는 거대한 시장으로 발돋움했다.

그리고 그런 할리우드에 강찬과 윤가람이 발을 들였다.

HOLLYWOOD.

할리우드의 트레이드마크인 할리우드 힐즈와 그 위에 있는 할리우드 사인을 보자 소름이 돋았다.

"이걸 내 눈으로 보다니."

윤가람 또한 마찬가지인지 운전을 하고 있는 팔뚝을 문지르며 연신 감탄사를 뱉어댔다.

"뭔가 신기하네요."

"그러게요."

베버리 힐즈와 각종 영화 스튜디오를 돌아본 강찬과 윤가람은 볼러바드로 이동했다.

할리우드 불러바드.

즉, 할리우드 대로에는 수많은 인파가 모여 있었다. 각종 히어로 혹은 영화 등장인물을 코스프레한 이들이 있는가 하면 버스킹을 하는 이들, 자신의 CD를 쌓아놓고 파는 이들이나 먹거리를 파는 이들도 있었다.

자유로운 분위기 아래 강찬과 윤가람은 벌어진 입을 닫지 못한 채 주변을 구경하며 걸었다. 그렇게 할리우드에 들어선 지 1시간.

"미스터 강?"

길을 걷던 강찬의 뒤에서 누군가 그를 불렀다. 이역만리에서 자신을 부를 사람이 누가 있냐는 생각이 드는 것도 잠시 강찬이 뒤를 돌아보았다.

"아서?"

"오! 미스터 강이 맞군요! 오랜만입니다!"

아서 맥두인.

인터내셔널 스크린의 기자이자 선댄스 영화제에서 그에 관한 기사를 써주었던 사내였다. 그는 붉은 기가 도는 갈색 머리를 쓸어 올리며 미소를 지었다.

"이런 데서 만나네요. 반갑습니다."

"반갑습니다!"

정말 우연의 일치로 만난 것인지 아서는 반색하며 강찬에게 악수를 건넸다. 그와 악수를 나눈 강찬은 윤가람을 가리키며 말했다.

"이쪽은 이번 영화 'TWO BASTARDS'의 프로듀서 중 한 분인 윤가람 PD입니다."

"반갑습니다. 인터내셔널 스크린의 기자 아서 맥두인입니다."

"윤가람 PD입니다."

두 사람이 인사를 하는 사이 강찬이 아서 맥두인에 대해 부연 설명을 해주었다.

"아, 안 선배한테 들었었어요. 이분이 아서군요. 반갑습니다."

미국에서 생활하는 세 달 동안 영어가 많이 는 것인지, 아니면 원래 잘하는 것인지는 몰라도 윤가람의 회화 실력은 생각 이상이었다.

윤가람이 안민영의 후배라는 것을 들은 아서는 함박웃음을 지으며 그의 손을 쥐었다. 그렇게 두 사람이 인사를 마쳤을 때, 아서가 강찬에게 물었다.

"'TWO BASTARDS'에 대한 소식은 들었습니다. 한국에서 엄청난 규모의 세트 단지 제작 소식도 들었죠. 안 그래도 인터뷰를요청하려 했었는데 아주 잘 되었습니다."

강찬과 연락이 없던 동안에도 꾸준히 조사하고 있던 모양이었다.

아서는 할리우드에서 강찬을 만났다는 게 우연 이상의 것으로 생각하는 것인지 반색을 하며 말을 이었다.

"혹시 오늘 일정이 어떻게 되십니까?"

"인터뷰하시려고요?"

"예. 이런 황금 같은 기회를 놓칠 순 없지 않습니까."

거절할 이유는 없었다.

"좋죠. 지금은 아니고 저녁에요. 그건 그렇고 저도 부탁 하나 해도 될까요?"

"무엇이든지 말씀하십시오."

"할리우드에도 많이 와보셨나요?"

"그럼요. 제게 할리우드는 제2의 고향이나 다름없습니다. 가이드를 원하십니까?"

강찬이 씩 웃으며 고개를 끄덕이자 아서가 손가락을 튕기더니 말했다.

"무엇을 원하십니까? 맛있는 식사? 화려한 볼거리? 유명한 배우들?"

"차례대로 갈 수도 있을까요?"

"당연합니다."

아서 맥두인은 자신만 믿으라는 듯 미소를 지었다. 그렇게 아서가 일행에 합류하자 아무런 계획 없이 흘러가던 두 사내의 관광에 목적지가 생겼다.

"할리우드하면 제일 먼저 생각나는 장소는 '명예의 거리(WALK OF FAME) 아니겠습니까?"

할리우드에 있는 명소로, 엔터테인먼트 업계에서 활약한 인물들의 이름이 바닥에 분홍색 별 모양과 함께 새겨져 있는 보도다.

TV로만 볼 수 있던 것을 볼 수 있다는 사실에 두 사람이 고개를 끄덕이자 아서가 유쾌한 미소를 지으며 두 사람을 안내했다.

명예의 거리로 가는 길, 강찬이 물었다.

"아서는 할리우드에 무슨 일로 오셨나요?"

"이제 곧 해리포터의 5번째 시리즈, 불사조 기사단이 개봉하지 않습니까. 그 행사가 있다고 해서 취재차 왔습니다. 미스터 강은 해외 촬영 일정 때문에 왔습니까?"

"예. 사흘 후부터 현지 촬영이 있거든요."

강찬의 말에 아서는 오, 하는 감탄사와 함께 말을 받았다.

"한 번 찾아가도 괜찮겠습니까?"

"당연하죠."

대화를 나누며 걷는 사이, 강찬은 쉴 새 없이 자신의 눈을 의심했다.

'도대체 몇 명이나 있는 거야.'

강찬은 자신의 곁을 지나쳐가는 흑인의 머리 위에 있는 발아의 씨앗을 보고서도 놀라거나 그를 붙잡지 않았다.

머리 위에 발아의 씨앗이 있는 이를 발견한 게 벌써 11명째. 과연 할리우드라고 할 만했다. 발아의 씨앗이 있는 이들은 재능이 있거나 잠재력이 있는 원석들.

조금만 다듬으면 자신의 분야에서 대성할 수 있는 이들이다. 그런 이들이 열하나나 있다니.

그가 평생 보아온 발아의 씨앗을 가진 사람보다 오늘 본 게 더 많았다. 마음 같아서는 11명 모두 붙잡고 하는 일이 무엇인지, 만약 비슷한 업종이라면 같이 일해 볼 생각은 없는지를 묻고 싶었지만.

'오늘만 날이 아니니까.'

이제 반나절 돌아다녔을 뿐인데 11명을 보았다는 것은 작정하고 뒤지면 훨씬 많은 이들이 있을 거라는 뜻이나 다름없었다.

"무슨 일 있습니까?"

"아뇨."

"저기가 바로 '명예의 거리'의 시작점입니다."

그의 말이 아니더라도 인파의 유동이 늘고 있었고 저 멀리 보도 블랙에 박혀 있는 분홍색 별들이 보이기 시작했다.

"와."

강찬이 고개를 끄덕이고 있을 때 윤가람이 건물 하나를 가리키며 말했다.

"저 화장실 좀 다녀오겠습니다."

"예. 다녀오세요."

그의 말에 아서 또한 '아, 저도.' 하고 말했고 두 사람이 화장실로 향했다.

두 사람이 화장실을 간 사이. 강찬은 명예의 거리를 돌아다니는 사람들, 그리고 주변의 건물들을 구경하고 있었다.

그러길 얼마나 지났을까, 강찬의 시선이 자신을 스쳐 지나가는 여자에게 고정되었다.

'……세 개?'

그녀의 머리 위로 솟아 있는 발아의 씨앗이 문제였다. 하나만 싹을 틔우고 있더라도 어떻게든 자신의 회사로 영입하려 했을 텐데.

무려 세 개의 씨앗이 그녀의 머리 위로 고운 자태를 드러내고 있었다.

강찬은 자신의 눈을 의심하면서도 무언가에 홀린 듯 그녀에게 다가갔고 가까이 다가갈수록 그녀의 머리 위에 솟아 있는 발아의 씨앗들의 모습이 확실히 보였다.

'세 개라니.'

도대체 뭘 하는 사람이기에 세 개나 되는 씨앗을 가지고 있을까. 심지어 개중 하나는 씨앗의 단계를 넘어서 새싹을 틔운 상태였다.

거리를 걷던 그녀는 버스킹 하고 있는 사내 앞에 섰다. 관객이 없는 상황 홀로 노래를 부르던 사내는 그녀가 자신의 앞에 서자 힘을 주어 노래를 불렀고, 그녀는 수첩을 꺼내 무언가를 적기 시작했다.

그때, 그녀의 머리 위에 있는 세 개의 발아의 씨앗 중 하나가 빛을 발했다.

'맙소사.'

빛의 크기가 남다르다. 지금까지 본 적 없는 환한 빛, 마치 머리 위로 전구를 켜놓은 듯한 밝기였다.

강찬이 놀라고 있는 사이, 버스킹하는 사내의 음악이 끝났고 그녀 또한 볼일이 끝났다는 듯 수첩을 덮었다.

그리고 그녀가 떠나려 할 때, 버스킹을 하던 사내가 그녀의 팔목을 붙잡았다. 그녀가 사내를 바라보자 사내는 자신의 앨범에 사인한 뒤 말했다.

"20달러입니다."

"안 사요."

"노래 들었지 않습니까."

"그래서 돈을 달라고요?"

할리우드에서 흔히 볼 수 있는 강매였다. 오죽하면 할리우드에서는 버스킹을 하는 이들이나 코스프레를 하는 이들과 말을 섞지 말라는 말이 있을 정도.

모두가 그런 것은 아니지만, 악의적으로 접근해 관광객들의 돈을 뜯어내려는 부류가 존재했다.

바로 저 사내처럼.

"노래 듣고 뭘 적어갔잖습니까."

"그런데요?"

"내가 만든 자작곡으로 뭘 얻었으면 그만한 대가를 내야지. 20달러면 큰돈도 아니잖아."

"안 산다니까요?"

"사인까지 했는데. 안 사면 어떻게 해?"

그녀는 잡힌 팔목이 아픈 듯 미간을 찌푸렸지만 강매꾼은 팔목을 놓아줄 생각이 없어 보였다.

"그게 내 책임이라고?"

"그럼. 지금 너 때문에 내 시간까지 뺏기고 있잖아."

두 사람이 언성이 높아졌지만, 신경을 쓰는 이는 없었다. 강찬 한 사람을 제외하고.

'기회네.'

강찬은 그녀에게 걸어가며 핸드폰을 꺼냈다. 그리곤 강매꾼과 그녀의 사진을 찍은 뒤 가까이 다가가 강매꾼이 붙잡고 있는 그녀의 손목, 그리고 강매꾼의 얼굴을 찍었다.

"너 뭐야?"

"증거 수집입니다."

"증거 수집?"

"경찰에 신고하려면 필요하니까요."

경찰이라는 말에 강매꾼의 미간이 찌푸려졌다. 그에 반해 발아의 씨앗 두 개와 새싹 하나를 가진 여자의 얼굴에는 호기심이 서렸다.

"경찰? 신고? 내가 뭘 잘못했다고?"

"그거야 경찰 오면 그 사람들한테 물어보시죠."

무슨 잘못을 했냐 따지며 사진을 지우라고 말하려던 강매꾼의 말문이 턱 막혔다. 경찰이 오면 그는 끝이다.

저 여자가 자신을 법적으로 고소하자면 수도 없이 많은 항목을 붙일 수 있는 상황. 결국, 강매꾼이 그녀의 손목을 놓았다.

"너, 너 이 새끼. 조심해."

"그러죠."

강매꾼은 기타와 케이스를 챙긴 뒤 자리를 떴다. 그러자 여자는 강매꾼의 뒤통수에 대고 중지를 들어주며 한바탕 욕을

펴부은 뒤 강찬과 눈을 맞추었다.

검은 머리에 푸른 눈. 그리고 콧잔등 주변에 주근깨 덕에 어려 보이는 얼굴이었다. 그에 반해 눈높이가 강찬과 비슷할 정도로 키가 컸다.

"고마워요."

"강찬입니다."

강찬이 악수를 건네자 그녀가 강찬의 손을 쥐며 그의 얼굴을 빤히 바라보았다.

"왜 그런 눈으로 보십니까?"

"어디서 본 것 같아서요. 스토커는 아니죠?"

"안타깝게도 아닙니다."

그녀는 흐응, 하는 콧소리를 내더니 쥐고 있던 강찬의 손을 흔들며 말했다.

"안타까울 이유는 없는 것 같은데."

"기대하시는 것 같기에."

강찬의 말에 그녀가 와하하, 하고 호탕한 웃음을 흘리더니 말을 이었다.

"파라, 파라 그레인져예요. 스토커가 아니면 우리 어디서 만난 적 있나요?"

"없습니다."

"그럼 강이 유명인?"

대한민국에서라면 그렇다며 고개를 끄덕였겠지만, 이곳은 미국이다. 선댄스 영화제에서 우승한 것은 큰 영광이긴 하지만 영화에 관심 있는 사람이 아니고서야 알 수 없는 일.

백번 양보해 이름이야 알 수 있다지만 얼굴까지 알 순 없다.

강찬이 살짝 고민하자 그녀가 말했다.

"와, 진짜 유명인이신가 보네. 어떤 장르…… 는 여기가 할리우드니 영화 쪽이겠죠? 말하지 말아 봐요. 내가 맞출 테니까."

미국 공포 영화를 보면 꼭 처음으로 죽는 캐릭터가 있다. 말이 많고 밝은 데다 발랄하고 활발하며 이리저리 돌아다니기를 좋아하는 그런 캐릭터.

파라 그레인져가 딱 그런 사람이었다.

파라는 강찬의 얼굴을 뜯어보다 짧게 혀를 차며 말했다.

"몇 살인지만 말해줘요."

"스물입니다."

"와, 스무 살인데 나를 구해준 거예요? 다시 한번 고맙네요."

나이가 무슨 상관이 있을까 하는 생각이 들었지만, 지금은 조용히 그녀의 호감을 얻는 게 더 중요했다.

파라가 강찬의 얼굴을 바라보는 사이 강찬 또한 파라의 얼굴을 바라보고 있었다.

'무슨 능력일까.'

영화 관련 능력이라면 좋을 텐데. 하고 생각할 때, 파라가 말했다.

"아. 나 기억났어요. 당신. 미스터 강! 감독! 선댄스! 최연소 심사위원 대상! 악당!"

그녀는 언어체계에 문제가 생긴 사람처럼 더듬더듬 단어를 외쳐댔다. 그러면서도 눈을 동그랗게 뜨고 삿대질을 하는 모습이 귀엽게 보였다.

그보다 중요한 것은 그녀가 강찬을 알아보았다는 것.

즉, 영화계에 몸을 담고 있거나 최소한 이쪽 업계에 관심이 있다는 것을 뜻한다. 생각을 마친 강찬의 얼굴에 미소가 번지기 시작했다.

"아시네요?"

"어디서 봤다 했더니. 역시 내 기억력은 정확하네요."

그녀는 기억해 낸 자신을 자축하듯 어깨를 으쓱이더니 말을 이었다.

"나도 선댄스에 갔었거든요. 물론 당신은 기억 못 하겠지만."

농담이었는지 하하, 하고 웃음을 흘린 그녀가 명함을 꺼내 건네며 말했다.

"강의 정체를 알았으니 내 정체도 밝혀야겠죠? 저는 오토퍼즈 스튜디오에서 일하고 있는 아트 디렉터에요."

처음 듣는 이름의 스튜디오인지라 명함을 받아들고 스펠링까지 확인해 보았지만, 여전히 처음 보는 스튜디오였다.

강찬의 표정을 읽은 파라가 말했다.

"개 같은 스튜디오죠."

"……예?"

"아, 초면에 할 이야기는 아니네요."

'그럼 우리 회사로 오시죠'라는 말이 목구멍까지 튀어나왔지만, 이 또한 초면에 할 말은 아니었다. 일단은 그녀의 상황을 아는 것이 급선무.

강찬은 천천히 고개를 끄덕인 뒤 파라와 눈을 맞추며 말했다.

"혹시 식사하셨나요?"

"데이트 신청?"

"편할 대로 생각하시죠."

파라는 잠시 고민하다가 이내 고개를 끄덕이며 말했다.

"조금 이르긴 하지만…… 그러죠. 대신, 식사는 제가 살게요. 아까 구해준 보답으로."

"좋습니다."

대화를 마친 두 사람이 식당으로 이동하려 하고 있을 때. 강찬의 전화가 울렸다.

"아 맞다."

파라에게 정신 팔려 윤가람과 아서를 잊고 있었다. 강찬이 파라에게 사정을 설명하자 그녀는 흔쾌히 대답했다.

"그럼 함께 식사하죠. 데이트는 나중에 해도 되니까."

"감사합니다."

파라와 강찬이 대화를 나누며 기다리고 있자 곧 윤가람과 아서가 도착했고 간단한 소개를 마친 네 사람은 인근의 식당으로 이동했다.

"아트 디렉터시라고요."

"예."

한국으로 따지면 미술 감독이지만 할리우드의 체계는 조금 더 세분화되어 있다.

광고와 홍보, 그래픽 디자인 등에서 주로 시각적인 표현 수단을 계획하는 직무이며 영화감독이나 프로듀서의 요구, 그리고 영화에 따라 다른 일을 수행하기도 한다.

"광고, 그리고 티저 쪽을 맡고 있어요."

전부 후반부 작업에 포함되는 일, 즉 그녀가 맡고 있는 영화가 후반부에 접어들었으며 곧 끝난다는 뜻이나 다름없었다.

"그럼 곧 개봉하겠네요?"

"그래야 하죠."

말을 마친 파라가 짧은 한숨을 내쉬었다. 아까 자신이 다니는 스튜디오를 '개 같은 회사'라고 말한 것과 연관이 있는 모양.

한국보다 개인사에 대한 프라이버시가 강한 나라가 미국이다. '물어도 되나' 하는 생각을 하고 있을 때 파라가 강찬을 포함한 세 남자를 보며 말했다.

"우울한 얘기는 여기까지. 그쪽 이야기 좀 듣고 싶은데요. 영화 촬영을 위해 캘리포니아까지 왔다면서요? 어떤 영화에요?"

그녀가 선을 긋자 강찬 또한 물을 수 없었다. 강찬은 'TWO BASTARDS'에 대한 이야기를 설명했고 아서와 파라가 집중해 듣기 시작했다.

촬영하며 있었던 에피소드, 그리고 윤가람 PD가 미국에서 계약하며 있었던 일들에 관한 이야기들을 풀자 시간은 빠르게 흘렀다.

이야기를 나누던 윤가람은 맥주를 주문했는데 그는 자연스럽게 네 병을 주문했다. 그의 행동에 파라가 윤가람을 제지하며 말했다.

"미스터 강, 20살이잖아요. 미국에서 술 못 마셔요."

"아, 자리에 함께 있는 건 괜찮은가요?"

"우리가 취하지만 않는다면 괜찮죠."

미국에서 술을 마시기 위해서는 만 21살이 되어야 한다. 한국 나이로는 22살이 되어야 하는 것. 고개를 끄덕인 윤가람이 세 병의 맥주만 주문했고 곧 맥주가 도착하자 강찬이 군침을 삼켰다.

그러자 파라가 눈웃음을 지으며 맥주병을 흔들었고 그 모습에 윤가람 PD가 미소를 지으며 말했다.

"한국에서는 만 19살부터 음주가 가능하거든요."

"미국의 주법이 좀 이상하긴 하죠. 1984년, 음주 가능 연령이 21살로 고정되면서 무슨 말이 나온 줄 아세요?"

파라는 맥주를 한 모금 하며 세 사내와 눈을 맞추더니 말을 이었다.

"18살짜리에게 총을 들려 전쟁터에 보내는 건 괜찮고 술은 못 마시게 하냐는 말이 나왔었죠."

그녀의 말에 헛웃음이 나왔다.

미국의 미성년자 기준은 만 18세다. 18세가 넘으면 미성년자가 아닌 성인으로 취급되며 재판을 받을 때도 성인 재판으로 넘어간다.

거기에 전쟁에 참여해 총을 쏠 수 있는 권한은 주면서 술은 못 마시게 한다니. 아이러니가 따로 없다.

맥주라는 윤활제가 들어가자 세 사람은 더 많은 이야기를 나누기 시작했다.

어쩌다 합류한 아서 또한 이 자리가 썩 마음에 드는지 여러 나라를 돌아다니며 감독들을 만난 이야기를 하며 흥을 돋웠다.

테이블 위에 빈 맥주병이 하나둘씩 늘어갔고 세 사람이 기분 좋게 취기가 오르고 있을 때, 강찬이 파라를 바라보며 물었다.

"할리우드는 어때요?"

말을 마친 그녀는 씩 웃더니 이내 입술을 깨물었다.

"엿 같은 동네죠."

"'개 같은 스튜디오'와 연관이 있을 것 같은데요."

강찬의 말에 파라가 강찬을 가리키며 말을 받았다.

"기억력 좋네요. 감독이라 그런가? 어쨌거나 맞아요. 기회는 균등하지 않고 승자가 모든 것을 가져가며 힘, 아니 돈이 있을수록 더 많은 돈을 버는 동네에요."

"사회랑 별다를 것 없네요."

강찬의 말에 파라가 미간을 찌푸렸다가 이내 천천히 고개를 끄덕였다.

"생각해 보니 그렇네. 하긴 원래 그렇게 생겨 먹은 세상이었죠."

그녀는 천천히 고개를 끄덕이다가 테이블에 올리고 있던 팔에 눈두덩을 묻었다. 그녀는 후욱, 후욱 하고 심호흡을 하더니 고개를 들었는데 눈이 붉어져 있었다.

"미안해요. 취했나 봐요."

"아뇨. 괜찮습니다."

강찬이 티슈를 내밀자 그녀가 감사하다는 말과 함께 말을 이었다.

"요즘 좀 힘들어서요. 근데 사람이 그렇잖아요. 나만 힘든 것 같고. 다 잘 사는데 내 인생만 엿 같은 것 같고."

세상을 살아가는 사람이라면 모두에게 그런 시기가 있다. 강찬 또한 그런 시기를 겪으며 이겨냈다.

그렇기에 알고 있었다.

저 시기에는 그 누구의 말도 들리지 않는다는 것을.

흔히 자신을 어른이라 생각하는 이들이 하는 말 '아프니까 청춘이다.' '터널 끝에 빛이 있다.' '참고 이겨내면 복이 올 거다.' 또한, 마찬가지.

당장 힘든 것도 참으며 살아가고 있는데 더 참으라고 해봤자 아무런 도움이 되지 않는 건 당연한 것 아니겠는가.

"원한다면 이야기해도 돼요."

"예?"

"어느 대학에선가 한 연구 결과인데, 친한 친구나 가족보다 모르는 사람에게 속마음을 털어놓는 게 더 편하다는 결과가 있어요. 이야기가 퍼져 나갈 염려를 하지 않아도 되니 깊이 있는 이야기까지 꺼내놓을 수 있다는 그런 연구였죠."

강찬의 말이 길어질수록 그의 말에는 '연설'의 힘이 담겼고 곧 파라가 천천히 고개를 끄덕이기 시작하자 그가 말을 이었다.

"혼자 끙끙 앓는 것보다 속 시원하게 이야기하는 게 도움이 될 때가 있잖아요. 혹시 모르죠. 우리 중 누군가가 도움이 될지도."

말이 나온 것만으로 울음이 터질 정도로 감정이 격해졌다는 것은 속은 곪다 못해 썩어가는 중이라는 방증이나 다름없다.

파라는 고민이 되는 듯 맥주병을 쥔 손가락을 꼼지락거리다 이내 결심을 한 듯 맥주를 한 모금 들이켰다.

"결과부터 이야기하자면 제가 멍청했죠."

"왜요?"

"계약서를 잘못 썼거든요. 할리우드에서의 일은 처음이라 너무 흥분해서…… 잘 보지도 않고 사인해 버렸죠."

맥주 한 잔으로 시작된 이야기는 상당히 길게 이어졌다.

"아까 말했듯 저는 영화 홍보용 영상을 만드는 일을 맡았어요. 처음에는 좋았죠. 할리우드에서 만들어진 영화의 광고를 내 손으로 편집해 내보낼 수 있다니! 근데 그건 얼마 안 갔어요. 담당자가 컨펌을 안 내줬거든요."

홍보용 영상, 즉 영화 광고를 외주를 주는 경우는 드문 일이 아니며 전문적인 대행업체가 있을 정도. 그녀가 속해 있는 오토퍼즈 스튜디오 또한 광고를 담당하는 스튜디오인 모양이었다.

"반년 동안 11개의 광고가 반려 당했어요. 성과제인 회사에서 11개를 반려 당하고 나니 쥐꼬리만 한 기본급으로 살아야

했죠. 한 달에 500달러, 아파트 월세도 못 내서 아르바이트도 시작했어요."

담담한 말투였지만 그 속에 담긴 감정은 소용돌이치다 못해 그녀의 눈시울을 붉히고 있었다.

"전 제가 못난 줄 알았어요. 제가 실력이 없어서 안 되는 줄 알았죠."

세 개의 씨앗을 가진 이가 만든 영화 홍보 영상이 마음에 안 들어서 반려를 한다라. 그럴 리는 없다.

당장 강찬이 발아시킨 이들만 보아도 답은 나온다. 그들은 발아한 순간 모두가 인정할 정도로 큰 실력의 성장을 보였다.

즉, 실력이 아닌 다른 이유로 인해 반려를 당했다는 뜻이 된다.

"차라리 죽을까, 하는 생각이 들 정도였어요. 그러다 우연히 TV 광고를 봤는데 거기서 제가 만든 광고가 나오고 있더라고요? 당장 회사를 찾아가 따졌죠. 어떻게 된 일이냐고. 그랬더니 계약서를 내밀었어요."

그녀는 항상 들고 다녔던 건지 계약서를 꺼내 세 사람에게 보여주었다. 그중 밑줄이 쳐져 있는 문장은 굉장히 길었지만 한 줄로 요약하자면.

-회사에 소속된 에디터가 만든 프로덕트에 대한 저작권은

3년간 회사의 소유가 인정된다. 프로덕트로 인해 이득이 발생할 경우 인센티브를 지급한다.

"독소조항이네."

"그렇죠."

프로덕트의 범위도, 인센티브의 퍼센트도 쓰여 있지 않다. 노예 계약이라 불러도 할 말이 없을 정도의 조항.

"이 계약서를 보여주면서 말하더라고요. 착오가 있어 인센티브의 지급이 늦었다고. 그러고 받은 돈이 얼마인 줄 아세요? 2,000달러였어요."

우리 돈으로 따지자면 200만 원 정도. 6개월의 인생을 바친 대가라고 보기에는 초라하기 그지없는 금액이었다.

"그런데 왜 그 회사에 계속 있는 거죠?"

강찬의 물음에 그녀가 자조 섞인 웃음을 흘리며 말했다.

"갈 데가 없거든요. 전 대학도 안 나왔고 심지어 미국인도 아니에요. 그렇다고 대표작이 있는 것도 아니죠."

그녀는 고개를 숙이며 입술을 한 번 깨물었다가 말을 이었다.

"미국으로 넘어와 5년 만에 얻은 기회에요. 이 기회를 놓치면 언제 다시 할리우드에 발을 들일 수 있을지 모르죠. 그러니까 놓을 수 없어요. 제가 만든 광고 하나라도 내보내야 커리어가 생기고 이 업계에서 다시 일을 할 수 있을 테니까요."

돈도 받지 못한 채, 컨펌도 되지 않을 것을 알면서 매일 새로운 광고를 만든다. 단 하나 자신의 꿈을 이루기 위해.

"힘들었겠네요."

"나만 힘든 건 아니니까요. 그래도 들어줘서 고마워요. 강의 말대로 조금은 후련해진 기분이에요."

파라는 희미한 미소를 지으며 맥주병을 내밀었다. 모두가 건배를 하고 맥주를 들이켜고 있을 때 강찬의 눈은 그녀에게 고정되어 있었다.

남의 일 같지 않았다.

꿈을 이룰 수 있다는 생각에 주변이 보이지 않는 사람들을 이용해 자신의 잇속을 챙기는 이들, 강찬이 제일 싫어하는 부류였다.

'나도 당해봤거든.'

아픈 손가락처럼 남아 있는 영화 '하루'가 그렇게 망해 없어졌고 강찬의 삶 또한 끝이 났었다.

그때 생각에 입맛이 썼다. 강찬은 짧게 고개를 저었다. 지금은 자신의 생각보다 파라를 영입하는 게 우선.

"파라."

"네."

"당신의 꿈, 그리고 직장. 어떤 게 더 중요한가요?"

그녀는 당연한 걸 묻느냐는 투로 답했다.

"꿈이죠."

"할리우드에서 성공하겠다는 꿈이요?"

"네."

"그게 꼭 지금, 그리고 그 회사와 함께여야 하나요?"

파라 그레인져.

강찬의 머릿속에는 없는 인물이다. 다른 이의 도움 없이 홀로서기만으로 세 개의 씨앗을 가졌고 심지어 하나는 발아시킨 이. 그런 이가 영화업계에 이름을 남기지 못했을 리는 없다.

그렇다는 것은 영화업계를 떠났다는 뜻이나 다름없고.

그 이유는 지금 파라가 속해 있는 회사일 가능성이 컸다.

"……그건 아니죠. 더 좋은 기회가 있다면 잡았겠지만, 저에게 유일한 기회는 이곳뿐인걸요."

"조금 돌아가더라도 천천히 가보는 건 어떻습니까?"

강찬의 말에 파라의 눈이 동그래졌다.

"무슨 의미죠?"

"전 영화감독이자 영화제작소의 사장입니다. 그리고 그 회사는 사원을 모집 중이죠."

"그래서요?"

"당신을 영입하고 싶습니다. 아트 디렉터로. 마침 자리가 비어 있거든요."

파라의 눈에 물음표가 떠올랐다. 그도 그럴 것이 강찬과 파라는 오늘 처음 만난 사이다. 자신은 아트 디렉터로서 무언가를 보여준 적도 없고 그저 신세 한탄을 했을 뿐이다.

"동정인가요?"

"아뇨. 제가 사람 보는 눈이 좀 있는 편이거든요. 아까 당신을 처음 봤을 때, 그러니까 버스킹을 하는 사람의 음악을 듣고 있을 때. 그때부터 당신을 우리 회사로 영입해야겠다는 생각을 하고 있었습니다."

파라의 눈에 물음표가 더욱 커졌다.

"농담이라면 굉장히 질 나쁜 농담인데요."

"농담 아닙니다."

"그러면 더 악질인데. 설마 돈으로 하는 동정인가요?"

그녀의 물음에 강찬이 단호히 고개를 저었다.

"절대 아닙니다."

"우리 상식적으로 생각해 보죠. 아서, 그리고 윤. 두 사람은 이 상황이 말이 된다 생각하나요?"

그녀의 물음에 아서는 흥미롭다는 표정을 짓고 있었고 윤가람은 천천히 고개를 끄덕였다.

"윤, 왜 고개를 끄덕여요?"

"강 감독님이 데려온 사람들이 생각났습니다. 처음에는 '저 사람을 도대체 왜?' 하는 사람들이었지만 그 사람들과 일을 해보면 항상 엄청난 사람들이었거든요. 그냥 인복이 좋은가 했더니 이런 비화가 숨어 있었구나. 하는 생각이 들어서 고개를 끄덕였습니다."

윤가람의 말에 파라의 얼굴이 일그러졌다.

"둘이 짰죠?"

"당신이 어떤 이야기를 할 줄 알고요?"

맞는 말이다. 당장 윤가람의 얼굴을 보아도 거짓말을 하는 기미는 없었다. 외려 재미있게 흘러간다는 얼굴일 뿐.

'도대체 왜?'

이해되지 않는 상황이 연속되자 술에 취한 뇌에 과부하가 걸렸다. 파라는 지끈거리는 관자놀이를 꾹꾹 눌러가며 생각에 빠졌다.

강찬의 실력은 선댄스 영화제를 통해 검증되었다. 그런 이가 자신을 원한다? 순간 삼천포로 빠질 뻔했지만.

'그런 사람은 아닌 것 같은데.'

자신을 보는 눈에 다른 감정이 섞여 있는 것 같진 않았다. 그렇다면 진짜 사람 보는 눈이 범인을 초월할 정도로 뛰어나며 그런 눈을 가진 이가 자신에게서 어떤 가능성을 보았다는 뜻이 된다.

'……말이 되나.'

파라는 신중하게 강찬의 말을 곱씹었고 이내 긴 숨과 동시에 말했다.

"나쁘지 않은 제안이라 생각해요. 촬영 중이라면 내가 일을 시작하기도 좋은 타이밍이고. 당신, 그리고 당신의 영화에 관심도 있었으니 충분히 좋은 상황이죠. 그런데…… 무조건적인 호의는 잘 모르겠네요."

그녀의 말에 강찬이 어깨를 으쓱였다.

"앞에 말은 맞지만 무조건적인 호의는 아닙니다. 여기 윤가람 PD님께 물어보시죠. 제가 얼마나 까다로운 사람인지. 전 당신에게 적선하려는 게 아닙니다. 부려먹으려고 고용하는 거죠."

강찬의 말에 파라의 시선이 윤가람에게 향했고, 윤가람은 진심을 가득 담아 고개를 끄덕였다.

두 사람의 망설임 없는 모습에 파라의 눈이 흔들렸다. 파라는 머리가 복잡한지 휘휘 흔든 뒤 아서를 바라보며 물었다.

"아서, 당신이 보긴 어때요?"

"좋은 기회입니다. 제가 그레인져 양이었다면 바로 잡았을 정도로."

"왜 그렇게 생각하죠?"

"미스터 강은 한국에 머물 사람이 아니라 생각합니다. 적어도 한두 편의 영화 안에는 할리우드로 진출하겠죠. 그때를 같이할 수 있는 사람은 몇 없을 거고……. 그리고 그때가 되면 수많은 경쟁자가 생길 겁니다. 그전에 그의 곁을 선점할 기회는 지금뿐일 겁니다."

인터내셔널 스크린의 기자. 그런 이가 20살짜리 감독에게 포섭되어 있을 가능성은 적었다.

"생각할 시간이 필요해요."

"예. 어차피 6개월 동안 미국에서 촬영하니까 천천히 생각하셔도 됩니다."

다음 날 아침.

저녁 식사 자리에서 마시지 못한 술을 마시다 잠든 강찬은 벨소리에 잠에서 깼다. 번호를 보니 모르는 번호. 그는 잠긴 목소리로 전화를 받았다.

"강찬입니다."

-……Please say in English. (영어로 말해주세요.)

강찬은 습관대로 한국어로 전화를 받았고 곧 수화기에서 나온 흘러나온 영어에 정신을 차린 그가 영어로 답했다.

"누구시죠?"

-파라예요. 자고 있었나 보네요. 조금 있다가 전화할까요?

그녀의 말에 강찬의 눈이 크게 뜨였다. 적어도 며칠은 있다가 연락이 올 거라 생각했는데.

"괜찮습니다. 말씀하세요."

-간단히 얘기할게요. 나 퇴사했어요.

"……지금 말입니까?"

-예. 회사에서 나가는 길에 전화 건 거예요. 어쨌거나 전 11개의 자식 같은 광고들을, 저 개 같은 오토퍼즈에 넘겨주고 나오는 길이에요.

"믿어주셔서 감사하다고 해야 할까요."

-아뇨. 다른 말이 필요해요.

"뭐죠?"

-언젠가 할리우드에 진출할 때. 오토퍼즈에 외주 넣어줘요.

그녀의 말에 강찬은 헛웃음을 흘렸다. 생각보다 당찬 여자구나, 하는 생각도 잠시. 강찬이 말했다.

"다음 영화로 할리우드 진출할 겁니다. 그리고 그때, 파라 그레인저, 당신에게 메인 아트 디렉터로서 모든 것을 위임하도록 하죠."

-좋아요. 계약하죠.

"그럼 오늘 저녁에 뵙죠."

전화를 끊은 강찬은 천천히 눈을 감았다가 이내 기지개를 켜듯 온몸을 쭉 펴며 환호를 내뱉었다.

"됐다!"

세 개의 씨앗을 가진 파라가 강찬의 사단에 합류했다.

심지어 하나는 이미 발아를 마치고 새싹을 틔운 상황, 그런 이와 8개의 발아 능력을 가진 강찬이 함께 영화를 제작한다면 얼마나 좋은 작품이 나올까.

상상하는 것만으로 가벼운 소름이 돋았고 흥분이 쉬이 가라앉지 않았다.

이틀 뒤, 캘리포니아 남부, 고즈넉한 마을에 세트가 들어서고 있었다.

세트를 처음부터 짓는 것이 아닌 마을에 지어져 있는 건물에 제작해 온 간이세트를 붙여 20세기 초반으로 보이게 하는 작업은 마무리 단계에 이르러 있었다.

한 시간 정도면 촬영을 시작할 수 있을 터.

예정된 촬영 시작은 오후 2시. 하지만 강찬은 오전 11시부터 나와서 현장을 살피고 있었다.

그리고 그의 곁에는 파라가 서 있었다.

"와……."

"왜 놀라요?"

"이 정도 규모의 현장이었어요? 제작비가 얼마나 들어간 거예요?"

"총제작비는 1,000만 달러 정도 됩니다."

"……천만이요?"

"예."

선댄스에서 우승한 사람이라지만 이렇게까지 큰 스케일의 영화를 촬영할 것이라 생각하지 못한 모양이었다.

파라의 입은 벌어진 채 다물어질 기미가 보이지 않았다. 우스꽝스러운 모습에 강찬이 헛웃음을 흘리고 있는 사이.

"오셨어요?"

"고생 많으십니다."

현장에서 세트 설치를 감독하고 있던 정기태가 다가와 말했다. 박한길에게 직접 사사한 것과 발아를 한 것이 시너지를 일으킨 그는 빠르게 성장했고 지금은 현장 하나를 맡아도 될 정도의 사람이 되어 있었다.

"저보다는 다른 분들이 고생이죠."

안민영과 윤가람, 그리고 서대호. 세 사람뿐만 아니라 한국에서 온 스태프들은 촬영 일정을 맞추기 위해 땀을 흘리며 일하고 있었다.

그리고 그들의 땀은 빛을 발했다.

"세트 완벽하네요."

그의 칭찬에 정기태가 쑥스러운 듯 뒤통수를 긁적이며 웃었고 곧 화제를 돌렸다.

"그건 그렇고 이분은 누구십니까?"

"앞으로 함께 일하게 될 아트 디렉터 파라 그레인저 씨입니다."

자신의 이름을 알아들은 파라가 가볍게 묵례를 하자 강찬이 영어로 정기태를 소개해 주었다.

"이분은 우리 현장의 소품과 세트를 담당하는 아트 디렉터 정기태 씨입니다."

두 사람은 악수를 하고 나자 서로를 보는 눈이 달라졌다. 같은 분야지만 조금은 다른 아트 디렉터라는 말에 호기심이 동한 모양.

정기태는 파라를 바라보다가 강찬을 찾아온 이유가 떠올랐는지 아, 하는 말과 함께 말했다.

"정리까지 다 해도 촬영 전에는 완전히 마무리될 것 같습니다."

"소품도 다 끝나가나요?"

"예. 어제 말씀드린 그대로 진행될 예정입니다."

그 이후 몇 가지 대화를 나눈 정기태는 자신을 찾는 인부의 부름에 인사를 하고 세트 현장으로 돌아갔다.

그러자 파라가 강찬을 바라보며 물었다.

"그런데 전 뭘 하면 되나요?"

"일단 지금은 보기만 하면 됩니다."

일단 그녀가 가진 발아의 씨앗이 무엇인지를 파악하는 게 급선무다. 이것저것을 시켜보며 그녀가 가장 잘하는 것을 찾아내고 그 일을 맡겨야 할 터.

강찬의 말에 파라는 모르겠다는 듯 고개를 갸웃했다가 이내 고개를 끄덕였다.

"뭐 보스가 놀라는데 놀아야죠."

"뭐 그렇게 생각하시는 것도 좋겠네요."

의미심장한 말에 파라가 눈을 흘겼지만, 강찬은 미소를 지을 뿐이었다. 말로는 놀겠다 한 그녀였지만 그녀는 가만히 있는 걸 즐기지 못하는 성격인 모양이었다.

파라는 현장을 점검하는 강찬의 옆에 붙어 쉬지 않고 질문을 던져대며 그를 괴롭혔다.

그렇게 한 시간여.

촬영이 예정된 배우들과 스태프들이 하나둘씩 현장에 도착했고 강찬과 인사를 나눈 뒤 준비를 시작했다.

모든 것이 스탠바이 되어 있었기에 준비는 빠르게 끝났다. 서대호는 현장을 빠르게 돌며 레디 사인을 받았고 모든 스태프에게서 레디 사인이 떨어졌을 때.

"107에 1에 1. 숏 들어가겠습니다."

"레디…… 액션!"

2007년 7월 18일.

강찬의 힘찬 사인과 동시에 영화 'TWO BASTARDS'의 미국 촬영이 막을 올렸다.

7월 21일. 오전 11시.

영화 촬영 전 회의가 열렸다.

강찬과 파라, 정기태와 안민영. 그리고 스태프 치프들이 참여한 자리.

"오늘은 S74~79 촬영입니다. 예상 소요 시간은 8시간입니다."

강찬의 말이 끝나자 치프들의 보고가 시작되었다.

"미술팀은 준비 끝났습니다. 레일 설치도 끝났고 폭약 매설도 끝났습니다."

"카메라 팀도 스탠바이입니다."

"오디오 팀은 장비 하나가 아직 도착을 안 했습니다. 촬영 전까지는 도착해 설치 마치겠습니다."

영어와 한국어 두 가지 언어로 진행되는 회의였지만 통역사가 따로 있었기에 문제가 되는 것은 없었다.

지난 일주일 이런 회의를 이어왔기에 조금의 불편함이 있긴 했지만 다들 어느 정도 익숙해진 상황.

회의가 끝나고 각자 마무리를 하려 벗어날 때. 파라가 정기태와 강찬을 붙잡으며 말했다.

"채광 노동자들 옷이요. 청바지를 입히는 건 어때요?"

"청바지요?"

영어가 서툰 정기태를 위해 노트에 문장을 적어준 파라가 말을 이었다.

"청바지가 만들어진 계기가 골드러시 때문이었거든요. 19세기 중반 골드러시를 따라온 독일 출신의 이민자 리바이 스트라우스라는 사람이 있었어요. 그는 노동자들의 해진 바지를 보고 질긴 바지를 만들면 돈을 벌 수 있을 거라 생각했고 그 결과 방수천으로 청바지를 만들어 금광 채굴자들보다 많은 돈을 벌었죠."

두 사람의 대화를 듣고 있던 강찬이 고개를 끄덕이며 통역을 해준 뒤 한 마디를 덧붙였다.

"청바지하면 떠오르는 대표적인 브랜드, 리바이스(Levi's)의 유래죠. 괜찮은 생각 같은데요."

"시간이 될까요?"

노동자들이 대거 등장하는 신 촬영까지 남은 시간은 일주일.

그리고 노동자로 등장하는 엑스트라의 수는 20명가량이다. 그들에게 전부 청바지를 입히는 건 어렵지 않지만.

아무런 청바지나 입힐 순 없다. 그 시대의 디테일을 살린 청바지를 입혀야 할 터. 정기태가 강찬을 바라보며 말하자 그는 파라에게 물었다.

"할 수 있습니까?"

그의 물음에 파라의 얼굴에 당황이 서렸다. 지난 일주일 동안 강찬은 그녀에게 현장을 지켜보며 익숙해지는 것 외의 다른 일을 맡기지 않았다.

그렇기에 뭐라도 해야겠다고 생각하던 차, 의견이 생겨 말한 것이었는데 그 일을 자신에게 맡길 줄이야.

강찬을 만나기 전, 파라가 하던 일은 이런 쪽의 디렉팅이 아닌 광고와 포스터 등 영화 외적인 일을 맡았다.

"제가요?"

"예. 리바이스에서 협찬을 받아내면 베스트고, 아니면 사와도 됩니다."

미국에서 영화 일을 한 지 5년. 인맥을 이용해 보면 그 정도야 어떻게든 할 수 있을 것 같았다.

문제는 시간.

'일주일 만에 20벌을 구할 수 있을까.'

20벌을 구하는 거야 3시간이면 할 수 있는 일이다.

하지만 영화의 시대상에 어울리는 바지를, 그것도 디테일이 들어간 의상을 구하는 일이다.

하긴 더 많은 시간이 있다면 자신이 아닌 다른 사람 누구라도 할 수 있을 것. 손목에 채워진 메탈 시계를 슥 내려 본 파라가 고개를 끄덕였다.

"해볼게요. 정 치프, 엑스트라들 사이즈 조사해서 연락 좀 남겨주실 수 있을까요?"

"예."

"그럼 다녀올게요."

그녀는 의자에서 일어서자마자 입술을 깨문 채 밖으로 뛰어나갔다. 그녀의 뒷모습을 바라보던 정기태가 강찬에게 물었다.

"가능할까요?"

"해내겠죠."

강찬의 현장에서 처음 하는 일, 그리고 능력의 증명이 될 일이다. 강찬이 본 그녀라면 어떻게든 해낼 것이라는 생각이 들었다.

조금은 불안하다는 눈을 하고 있던 정기태는 확신에 찬 강찬의 말을 듣자마자 고개를 끄덕였다.

그가 믿는다는 건 가능성을 보았다는 것이나 다름없으니까.

"그럼 저도 준비해야겠네요."

"예. 부탁드리겠습니다."

정기태가 짧게 인사를 하고 나가자 강찬은 노트북을 펼친 뒤 인터넷을 켰다.

"오늘도 올라왔구나."

아서 맥두인은 'TWO BASTARDS'에 대해 기사를 쏟아내고 있는 중이었다.

선댄스 영화제에서 대상을 받은 강찬이 새 영화를 찍고 있다는 말은 꽤 많은 영화인의 흥미를 끌었고 그가 쓴 기사는 인터내셔널 스크린 홈페이지의 메인에 걸리기까지 했다.

그 덕에 강찬에게, 그리고 강찬의 영화에 호기심이 생긴 기자들이 하나둘씩 강찬의 영화 촬영장을 찾았고 인터뷰를 신청했다.

해서 지난 일주일 강찬은 7개의 인터뷰를 했으며 거의 강찬에 관한 기사가 나가고 있었다.

물론 크게 주목을 받는 기사는 없었지만 이런 식으로 조금씩 기사가 나가는 것은 분명 좋은 신호였다.

'TWO BASTARDS'에 대한 기사와 댓글, 그리고 '악당'에 대한 기사를 검색하던 강찬의 얼굴에 미소가 번졌다.

이대로만 간다면 두 영화 모두 해외 흥행 성적 또한 기대해도 될 터. 흥행은 곧 돈이고 강찬에게 돈은 다음 영화를 찍을 수 있는 제작비다.

미소를 지은 강찬이 기사를 보고 있을 때, 그의 핸드폰이 울렸다. 모르는 번호였기에 인터뷰라 생각한 강찬이 전화를 받았을 때.

"강찬입니다."

-마이클 홀랜드입니다. 강찬 감독 맞습니까?

그의 이름을 들은 순간 강찬의 머리가 빠르게 굴러갔다.

'선댄스 영화제 심사위원.'

거기에 할리우드 출신의 배우이자 감독인 사람. 선댄스 영화제에서 만나 그가 진행하는 오픈 패널 토크에 참여했던 것이 기억난 강찬이 아아, 하는 말과 함께 말했다.

"맞습니다. 오랜만이네요, 마이클."

-기억하시는군요.

"그럼요. 마이클 같은 사람을 쉽게 잊을 순 없죠."

-하하, 그건 그렇고 강. 지금 할리우드에 있다면서요?

"할리우드는 아니고 근처 작은 마을에서 영화 촬영 중입니다. 그런 말을 하는 걸 보니 마이클도 할리우드에 계신가 봐요?"

-역시 감이 좋군요. 예. 저도 할리우드입니다. 할 말도 있고, 제안 드릴 것도 있는데 얼굴 한 번 보지 않으시겠습니까?

마이클 홀랜드라면 전 세계에 팬을 두고 있는 배우이자 감독이다. 그런 이가 하는 제안과 할 말이라.

"만나서 해야 할 말인 걸 보면 중요한 건가요?"

-강의 판단에 따라 달라지겠죠.

그의 목소리에 웃음기가 서렸다. 만나기 전까지는 말해주지 않겠다는 태도. 강찬은 궁금증이 이는 것을 느끼며 말했다.

"그럼 만나야죠. 언제가 괜찮으세요?"

-언제든. 강이 시간과 장소를 정하면 맞춰서 가겠습니다.

"그럼 제가 다시 전화 드릴게요."

-네. 전화를 못 받을 수도 있으니 상심 말고 메시지 남겨주

십시오.

"예."

마이클 홀랜드와 전화를 끊은 강찬이 의자에 기댔다.

'뭘까.'

가장 먼저 생각할 수 있는 것은 투자 제의다. 영화 촬영이 30%가량 진행된 상태라지만 제작비는 많을수록 좋다.

둘째는 협업 혹은 사람의 소개.

'뭐든 나쁠 건 없다.'

무슨 말을 할지에 대한 기대 속 강찬은 스케줄을 확인해 마이클과의 약속을 잡았고 곧 영화 촬영을 해야 할 시간이 다가왔다.

마이클과 만나는 것을 미룰 이유가 없다고 생각한 강찬은 다음 날로 약속을 잡았고 그 또한 좋은 생각이라며 수락했다.

다음 날, 촬영을 마친 강찬은 그가 자주 간다는 레스토랑으로 향했다. 입구에 도착해 마이클의 이름을 대자 종업원이 강찬을 안내해 주었다.

그의 안내를 받아 홀로 들어가자 테이블에 앉아 있는 마이클의 모습이 보였다. 그는 손을 흔들더니 강찬을 위아래로 훑으며 말했다.

"따로 케어를 받습니까?"

"예?"
"저번에 만날 때보다 키도 큰 것 같고, 피부도 좋아졌는데요?"
그의 칭찬에 헛웃음을 흘린 강찬이 그의 앞에 앉으며 말했다.
"빈말인 걸 알면서도 기분이 좋네요."
"진짭니다. 어느 가게를 다니는지 물어보고 싶을 정도로."
"여기까지 하죠."
마이클은 아쉽다는 듯 어깨를 으쓱이더니 말했다.
"아르헨티나 스테이크, 그중에서도 립아이가 맛있는 집입니다."
"그럼 그걸로 하죠."
곧 주문을 마친 두 사람이 서로를 바라보았고 그의 시선이 부담스러워진 강찬이 먼저 입을 열었다.
"하실 말씀 있다고 하셨죠?"
"예. 가벼운 것과 무거운 것. 어떤 것부터 들으시겠습니까?"
"무거운 것부터요."
"무거운 거라……."
마이클 홀랜드는 살짝 시선을 들어 천장에서 빛나고 있는 샹들리에를 바라보았다.
"프라이빗 파티가 있습니다. 함께 가시겠습니까."
"마이클 당신 하고요?"
"제가 금발의 미녀가 아니긴 합니다만. 그렇게 대놓고 실망한 표정을 짓는 건 너무하지 않습니까."

"실망한 적 없어요. 놀라서 그렇습니다."

프라이빗 파티에 함께 가자는 제안이라면 외려 강찬이 부탁해도 모자랄 일이었다. 강찬의 말에 마이클 홀랜드가 하하하, 웃으며 농담이라는 말을 덧붙였다.

"큰 파티는 아니고, 친구 중 한 명이 미스터 강을 만나보고 싶어 해서 말입니다. 물론 나도 내 친구들에게 동양의 진주를 소개해 주고 싶은 마음이 있기도 하고."

동양의 진주라니.

선댄스 영화제 시상식에서 자신을 소개할 때도 느끼긴 했지만 이 사람의 단어 선택은 사람을 부끄럽게 하는 뭔가가 있었다.

"너무 부담스럽게 생각할 필요는 없습니다. 제 친구인 배우 한 명이 여는 '조그만' 파티니까요."

배우가 여는 파티라면 당연히 비슷한 일을 하는 이들이 모일 터. 강찬을 초대했다는 것을 보아 위치 또한 근처일 것이었다.

미국에서의 인맥을 넓힐 기회다. 거부할 이유가 없는 제안. 강찬이 고개를 끄덕이며 말했다.

"좋죠. 그런데 그 배우라는 친구가 누군가요?"

"그건 비밀로 남겨두죠. 당신이 놀라는 모습이 보고 싶거든요."

단순히 사람 괴롭히는 걸 좋아하는 변태일지도 모른다는 생각이 들었다. 강찬이 고개를 살짝 저어 잡념을 털어내는 사이, 그가 말을 이었다.

"파티는 사흘 후 저녁입니다."

마이클 홀랜드는 만족스럽다는 듯 고개를 끄덕였다. 그리곤 물을 한 모금 마시더니 강찬과 눈을 맞추며 말했다.

"그럼 하나는 해결됐고. 이제 가벼운 이야기로 넘어가 봅시다. '악당'의 해외 판권 경쟁이 치열했다고 들었습니다."

"예."

또 칭찬인가, 하는 생각도 잠시. 웃고 있는 그의 표정을 보자 단순한 칭찬이 아닐 거라는 생각이 들었다.

마이클 홀랜드는 배우이자 영화감독. 그가 아무런 이유 없이 강찬의 영화 판권이 어떻게 팔렸나에 대해 알아보진 않았을 것이었다.

강찬은 자세를 고쳐 앉으며 그의 말에 답했다.

"판권 계약은 다 끝났고 올해 안으로 해외에서 상영을 목표로 진행 중이죠. 그냥 묻는 건 아닐 테고."

그는 들켰다는 듯 미소를 지으며 어깨를 으쓱였다.

"'TWO BASTARDS'의 판권을 미리 구매하고 싶습니다."

예상했던 말이다. 그렇기에 강찬은 놀라는 기색 하나 없이 곧바로 대답했다.

"마이클이 살 건 아니겠죠. 어느 회사입니까?"

"여기까진 예상했던 모양이군요. 강찬 당신은 참 빛나는 사람입니다. 그게 마음에 들고요."

그는 맛있는 음식을 나중에 먹는 사람처럼 미소를 지은 채 대답을 미루었다.

강찬 또한 어느 회사가 자신에게 관심을 보였는지에 대해 궁금했고 그 긴장감에서 오는 기대감이 그를 기분 좋게 하고 있었기에 굳이 대답을 종용하지 않았다.

"대답하기 전에, 대형 제작사들. 이를테면 파라마운트 픽쳐스나 20세기 폭스 같은 곳들 말입니다. 그런 곳들은 제작과 기획 단계부터 함께하는 걸 원합니다. 굳이 배급만 따로 하려 하진 않죠."

마이클의 말대로다.

그들에게 필요한 것은 자신들의 이름값을 높여줌과 동시에 돈을 벌게 해줄 영화다. 다 완성된 영화에 수저만 얹는 것은 그들로도 사양하고 싶을 터.

'물론 돈이 된다면 이야기가 달라지겠지만.'

강찬이 고개를 끄덕이자 마이클이 말을 이었다.

"근데 그렇지 않은 회사도 있습니다. 과거의 위명을 잃어가고 있는 회사가 있죠."

그의 말에 강찬의 머릿속에 하나의 회사가 떠올랐다.

"유니버셜 픽처스."

"……들은 적 있으십니까?"

"아뇨. 그냥 생각나더군요."

할리우드에는 6개의 메이저 영화사가 있다.

20세기 폭스, 파라마운트 픽쳐스, 유니버셜 픽쳐스, 워너 브라더스, 콜롬비아 픽쳐스 그리고 월트 디즈니 컴퍼니.

이 중 유니버셜 픽쳐스는 1998년 이후로는 단 한 번도 왕좌를 빼앗지 못했고 오랜 시간 꼴찌의 자리에 머물고 있었다.

그 이유야 많지만 90년 이후 2011년까지 몇 번이나 주인이 바뀌었고 그 탓에 잡음이 끊이지 않은 것이 가장 컸다.

물론 2011년 이후, 컴캐스트가 NBC 유니버셜을 인수하게 되며 전세를 뒤집긴 하지만 11년까지는 아직도 4년이나 남은 상황.

그의 말에 마이클이 짧은 탄성을 내뱉으며 팔짱을 꼈다.

"그냥 생각이 났다라…… 국제 영화 정세에 대해서도 어느 정도 공부를 한 겁니까?"

"영화인이라면 할리우드 가십만큼 재미있는 가십도 없으니까요."

"그렇다 해도 이렇게까지 빨리 맞출 줄은 몰랐는데."

강찬은 미소를 지으며 아직 황당해하고 있는 마이클에게 물었다.

"유니버셜이 관심을 보이는 겁니까?"

"아직은 말 그대로 관심이긴 합니다만."

천천히 고개를 끄덕이던 강찬은 그제야 마이클 홀랜드가 '제안'이 아니라 '할 말'이 있다고 한 이유에 대해 깨달았다.

"소문이군요."

마이클 홀랜드가 할 말이라고 한 이유는 간단하다. 그가 제안하러 온 게 아니라 유니버셜이 강찬에게 관심이 있다는 것을 알려주려는 것뿐이었다.

"어느 정도는 신빙성 있는 소문이죠. 유니버셜 픽쳐스가 당신에게 관심을 보이고 있습니다. 그들은 슈퍼 루키에 목말라 있는 상황이거든요. 그리고 선댄스에서 대상을 수상한 당신이라면 유니버셜의 눈에 들 만한 슈퍼 루키기도 하고."

강찬의 머리가 빠르게 돌았다. 유니버셜이 이번 영화에 관심을 보이고 있다. 만약 계약이 성사되고 유니버셜의 이름이라는 날개를 달수만 있다면.

이번 영화를 발판으로 할리우드에 데뷔할 수도 있을 터.

그의 눈이 빛을 발하자 마이클이 씩 웃었다. 무언가 할 말이 남은 것 같은 얼굴. 강찬이 그에게 물었다.

"밥 한 끼로 사는 거로 듣기에는 너무 고급 정보인데요."

"저도 그렇게 생각합니다."

"원하는 게 있으신가요?"

"좋은 관계?"

나중을 위해 빚을 지워둔다. 물론 좋은 정보였기는 하지만 마이클 홀랜드가 그에게 빚을 지운다고 할 정도로 고급 정보는 아니었다.

그가 아니더라도 언젠가 강찬의 귀에 들어올 정보기 때문.

마이클 홀랜드가 그걸 모를 리는 없다.

그렇기에 '좋은 관계'라는 말을 한 것일 터.

"저를 좋게 봐주시니 감사하군요."

"말 몇 마디로 당신과 친구가 될 수 있다면 거절할 사람은 없을 겁니다."

"너무 기대하시는 게 아닐까 싶은데요."

마이클은 어깨를 으쓱이며 답했다.

"글쎄요. 당신의 영화를 본 사람이라면 그렇게 생각 안 할 겁니다. 무엇보다 당신은 어리죠. 무궁무진한 발전의 가능성을 가지고 있다는 게 아주 큰 무기로 작용하고 있습니다."

"약점이 될 수도 있지 않나요?"

"빛이 강하면 그림자도 생기게 마련입니다. 하지만 눈이 부실 정도의 빛이라면 그림자 따윈 신경도 쓰이지 않는 법 아니겠습니까?"

그의 말에 고개를 끄덕인 강찬은 쓴웃음을 지었다.

To Be Continued